有光

— 要有光！—

谁来
决定
吃什么

陈宇慧 著

广西师范大学出版社

·桂林·

图书在版编目 (CIP) 数据

谁来决定吃什么 / 陈宇慧著. —— 桂林：广西师范
大学出版社, 2025.5（2025.7重印）. —— ISBN 978
-7-5598-8023-9

Ⅰ. I267

中国国家版本馆CIP数据核字第2025QW2850号

SHUILAI JUEDING CHISHENME
谁来决定吃什么

作　　者：陈宇慧

责任编辑：彭　琳

特约编辑：安　琪　张　延

装帧设计：小椿山

内文制作：燕　红

广西师范大学出版社出版发行

　广西桂林市五里店路9号　邮政编码：541004

　网址：www.bbtpress.com

出 版 人：黄轩庄

全国新华书店经销

发行热线：010-64284815

北京启航东方印刷有限公司印刷

开本：787mm×1092mm　1/32

印张：7.75　　　字数：100千

2025年5月第1版　　2025年7月第4次印刷

定价：52.00元

如发现印装质量问题，影响阅读，请与出版社发行部门联系调换。

序一

会吃与会做

梁文道

就在我动笔试写这篇早已拖得太久的文字的前几天，一位老朋友拉着我们一群人去试他非常喜欢的一家餐馆，于是又让我遇到了最让我尴尬的其中一种场景。老板娘出来打招呼，朋友三番四次指着我，声明我是一个美食家，要店家打起十二分精神对付。吃完饭之后，老板娘带大厨出来见面，很客气（但又可能不是那么情愿）地要我给些意见。那我该说些什么才好呢？

我很害怕那些对我过度热烈的赞誉，尤其各种名不副实的头衔，其中一种就是"美食家"。没错，我是写过十几年的饮食杂志专栏，但我从来不敢随便臧否餐厅，因为我知道自己不配。

所以多半只是绕着关于饮食行为的边角胡言乱语。

假如任何评论都离不开判断，都必须以自身喜恶为基础，那么其实任何人都可以月旦品评一道菜的上下，一间馆子的好坏。事实上，这也是今日世上所有大众饮食评论网站成立的前提。除非修行已臻化境，否则只要是个能吃得下东西的人，就一定能说得出他喜欢吃什么、不喜欢什么。在还没有互联网的年代，餐厅所以成名，不也靠的是口碑？如今我们只是把口耳相传的讯息转化成可见的文字和图片，一一铺陈展现罢了。

但是我们仍然可以怀疑，在这种投票似的饮食评论大会集当中，是否每一票都是平等的？一位从来没有吃过川菜的食客，对于一间川菜馆所投下的票，能跟一个吃川菜长大的成都人的意见一样"神圣"吗？因此经历看来是重要的，但又好像还不够。就像有些喝葡萄酒的人，会劝刚刚入门的朋友，无论如何节衣缩食，这辈子起码要试一次最顶级的好酒。不用担心曾经沧海难为水，反而是见过天地宽广，心里头才有一根绝对的准绳，知道优劣的尺度。

你让一个尽管吃过不少次粤菜，但一辈子都只在茶餐厅里头吃过粤菜的人，去告诉我什么样的干炒牛河才算是上品，我是一定不服气的。所以经历之外，恐怕还得有点眼界。

活了几十年，我当然吃过不少馆子，而且运气极好，甚至还去过许多人人称颂、世界知名的餐厅。在那部日后被认为是经典的纪录片还没出来的时候，我就尝过将来被誉为神的老人握制的寿司。在"分子料理"还没成为一种诅咒的时候，我就试过了最早实验这种技术和理念的餐厅。回想起来，那时候的胃口真是好得离谱，好奇心也真是大得过分，还真能像米其林饮食指南所定义的三星标准那样，可以专门为了一间餐厅跋涉万里、穿山越岭，不管它是在一处前不着村后不着店的西班牙北部林场，还是必须搭乘三十个小时的飞机才能抵达的南美。直到后来，年纪大了，人也累了，我现在通常只想不用太复杂，坐下来简简单单吃一顿有保证的好饭。你要我托朋友找他的朋友的朋友，提前一年预订，再花钱花时间筹划差旅，去吃上一餐晚饭，这种事我是绝对不会再干的了，毕竟人生可贵，岁月无价。何况在我们这个因为社交媒体膨胀了某种虚荣心的年代，有些餐饮业者会刚开张就用营销手段把自己搞成"预约困难店"，以私房菜或会所的名目，招徕那些时刻想要展现自己高人一等的KOL。更别说各种各样离奇的世界排行榜，捧出那一堆有故事能出片，但可能连基本逻辑都没掌握好的网红餐厅……对不起，我扯远了，还是让我们回到主题，一个美食家的资格问题。

抗拒"美食家"的头衔，是因为我打小就听过这么一句老话："一个美食家不只要会吃，还得自己会做。"偏偏我不会做饭。虽然我和一些厨师聊天，往往能用"这条鱼要是少蒸五秒就更好了"之类的鬼话，骗得他们以为我厨艺精湛。但是骗得了别人，却怎么样也骗不了自己。不会做饭，是我深以为憾的缺陷，这让我在饭后遇到大厨出来问意见的时候特别心虚，更让我从来不敢轻易点评餐馆于笔端。我所说的"不会做饭"，并不是连煎蛋炒菜都不行的不会，而是配得上人们所说的"会吃"的那种"会做"。

会做饭，本是人生在世应该具备的一种基本能力。虽然没见到明确的考古证据，但我们通常会想象旧石器时代的先祖，大概每一个人都有利用工具采集狩猎，然后生火烹煮食物的能力，就像我们想象他们都能缝制最简单的皮衣，搭建最简单的藏身之所一样。是到了社会分工更加复杂，甚至阶层秩序更加明确之后，这个世界才终于出现极少数可以一辈子完全远离庖厨的精英权贵，也就是一群必须仰赖他人才能活得下去的家伙。

所谓文明的进程，若按照社会学家诺贝特·埃利亚斯的说法，就是一个分工更加细致，每一个体的生命都更加取决于他人的过程。从这个角度来看，我们中国人今天就算是活在一个非常文明的世界了。有越来越多的人，真能丧失最基本的做饭能力，三餐都交给外卖甚或预制菜解决，顺便连在餐厅进食那种不可回避的底线社交也都免了。那是因为有人会负责开设和管理这种订餐的网络服务，有人负责把饭菜送到你的门口，有人负责把那些食物包装进难以降解的盒子和袋子，有人负责制作那些食物，有人负责清洁食材，有人负责采购那些食材，有人负责运送它们，有人负责批发零售。这一长串已经够长的链条，还要再加上码头上调运货柜的吊机，跨洋的航运，能源的供给，期货市场的交易，当然还有巴西一个大豆农场上开着链轨收割机的工人。你对着手机短视频下的这一顿饭，只不过是似乎隐形的全球饮食网络的其中一个节点。

在这么多股力量的参与之下，我们是真的不用再自己做饭了。一种自古以来就被认为是精英阶层之外，大部分人都应该具备的基本谋生能力，可能自此渐渐沦丧。有趣的是，恰巧也是这个时代，我们拥有史上最大批"会吃"的人，用文字、图片以及影像去表达自己对食物和餐厅的看法。

当然还要考虑性别的问题。我从小就觉得奇怪，为什么餐厅里头的专业厨师往往都是男人，而我在家里头只是想好奇地看一眼外婆怎么和面，就会被她赶出厨房？起码在我小时候，也就是五十年前的台湾和香港，男孩子被认为是可以不会做菜的，因为他们不需要，除非将来他想成为专业的厨师。而干这种行业，在那个年代，还不可能是上得了杂志封面或影视节目的明星。相反地，女孩子却得自幼洗手做羹汤，而且还要听许多"连菜都做不好，将来小心嫁不出去"之类的警告。这当然是父权社会的性别分工秩序，但凡赚钱的职业（包括厨师），本当专属男性，而女子就算能做一手好菜，也该谨守家中主妇的位置。好在时代变了，现在连女孩子也不必从小学做饭了。请注意，我这句话不是讽刺，而是真心欢喜烹饪不再成为一名女性养成过程中的必备技能。但我遗憾，现在是男女都不用再把烹饪当成一个人活着所必须学习的能力了。

我是什么时候才开始觉得，不能做一顿好饭，是自己的一种残缺？说来可笑，是当年满脑子男人梦的少年时代，看了《教父》第一部。电影里，未来的教父——年轻的迈克·柯里昂在爸爸中枪住院的时候，和亲戚以及帮派中的叔父聚集家中商量应对之策。正好是晚饭，一个身材肥胖的长辈卷起袖子准备意大利面，把迈克叫来，教他做面的秘诀，还告诫他："看好了，将来你还要做给很多人吃。"我真像是大脑中枪，豁然开朗，一下子发现原来要当意大利黑手党老大，先得学会做菜，让弟兄们吃好了吃爽了！这可就不是仅足饱腹的那种"会做饭"，同时还是得把东西做得好吃的那种"会做饭"了。可惜我很快就知道，想做意大利教父，只是种不切实际的少年意淫。并且我也很快就发现，自己欠缺那种"会做饭"的灵敏手脚。

那么，为什么只有会做饭才称得上是会吃？答案很简单，就在宇慧这本《谁来决定吃什么》中。你看她想做腌笃鲜，跑去菜场置办，但时机不对，冬笋已过。于是"没有冬笋腌笃鲜，能吃上春笋腌笃鲜也行，我的预期本就如此——结果老板说时间也不对！虽然市面上已经有零星的春笋了，但不是自然生长冒头的，是利用米糠轻微发酵产生的热量捂出来的'砻糠笋'。人为提升温度，让笋以为春天已经来到，提前出笋以抢占市场先机。砻糠笋没有自然长成的黄泥笋那么清香，如果吃惯了自然鲜笋，是很容易分辨出来的"。"冬笋嫩，春笋涩；冬笋矜贵难挖，春笋量大便宜；冬笋笋衣能挂汁，春笋光滑难入味。腌笃鲜该选冬笋还是选春笋，很难用'时令'二字简单概括，背后还有对成本的考量和长期的饮食惯性。"不做菜的人，不跑菜市场，是得不到这种认知的。没有这种认知，恐怕很难说得上是"会吃"。

再举一个例子，身为广东人，猪杂我是熟悉的。但自己不会做菜，就绝对不可能写得这么细致透彻："内脏最容易腐坏，新鲜宰杀后的每个小时，气味和质感都在不断变化。不知道有没有朋友在番禺、汕头、漳州这些地方吃过凌晨营业的猪杂粥？每天半夜，从屠宰场刚刚拉过来的新鲜猪肉和猪内脏准点运到，在车子停稳的那一刻，无论是屠宰场工人、餐厅老板还是排队的客人们，都精神抖擞得好似备战。客人们一哄而上，把还冒着热气的各种部位抓到不锈钢盆里，请老板过秤后切好，煮进已经开花的米粥里。无论这锅猪杂粥有多烫，我都建议上桌后立刻品尝，千万不能等。新鲜剖出的内脏煮到刚刚断生的口感是很难有条件复制的，猪肚和大肠有多爽脆自不必多说，连猪肝这种一贯沙沙粉粉的部位，此时也是难得一见的丝滑脆嫩。可惜砂锅保温好，粥水余温高，所有内脏的最佳口感都稍纵即逝，一会儿就又韧又硬不好嚼了。"

"社会发达程度和食物新鲜程度的矛盾无处不在，现在能接触到的新鲜食物大多是保质时效内的新鲜，而非它的应有状态。电商和超市的产品越来越丰富，其实增加的多半是同类工厂流水线生产的不同口味的加工食品，摆放新鲜蔬果的货架只是比菜市场显得更规整干净，更别提冷冻柜的进口肉类和海鲜，它们的生产日期是一片雾蒙蒙的模糊定格。标识着'日日鲜'的猪肉会好一些，却也无一例外提前经过冷却排酸，毕竟卖'日日鲜'猪肉的城市里连活鸡都见不到，'鲜'以日计而非分秒必争，这已经是一种依托于仓储物流的妥协，距离猪肉爽脆弹牙的口感太过遥远。"

说到这里，我们应该已经发现，尽管恐怕已经没有人能充分掌握全球饮食网络的全貌，但至少"会吃"就应该对这个网络末端有微观的立体感受，这才可以把一道菜说得出所以然。又唯有"会做"，才能真切体认食材由来与其时令的微细区别，炉火、刀工乃至于备料等一切技艺的分毫会心之处。而会做会吃，还能够把其中道理形诸文字，写得生动活泼，这等真正的美食家，我平生所遇，恰巧多为女性。表表者自属仙逝多年的岭南江太史后人江献珠老师，可惜今天一般内地读者大概多半不知。好在他们眼下还有宇慧，当此家常厨艺日渐消亡的"末法时代"，为这个不知道算不算是传统的传统，续上一笔。

序二

食物，是认知世界的最小单位

傅适野

　　2022 年春节前，我第一次去田螺家吃饭。那一餐生动又郑重，每一种食材都得到了充分的尊重，我也是。后来，我有幸常去田螺家吃饭，也总和她探讨食物，以一种纯粹又严肃的方式。正如她在书中所写，"孩子总要认知世界的，而食物确实是独立践行这个过程的最小单位之一"，是田螺带我生长出重新看待世界的眼睛和重新丈量世界的触角。从食物出发，又绝不限于食物本身。

　　通过食物认知世界，是明白什么维系着我们的血肉之身。是一日三餐，一饭一蔬，它们过于日常，因此总被忽略，也过于基础，因此总被遗忘。在第一章中，田螺将聚光灯投向"食物"本身，照亮蔬菜、水果、肉类和海鲜这些构成一日三餐的原材料，照亮它们的过往与现在，也照亮它们的来路与去处。如今的新鲜番茄为何味道寡淡、硬如顽石，只能在番茄罐头中追求被封存的"番茄味"？那些个头匀称整齐码放在"格子间"的草莓为何表面光鲜却食之无味？当我们怀念儿时的味道时，我们怀念的究竟是什么？审视食物本身，也是审视造就它们的现代食品工业。越来越标准化和程式化的食品供应链条在消除空间和时间差异的同时，也一并抹去了"鲜活"和"生动"。田螺在《食物不可貌相》一篇中回忆起儿时家里做韭菜炒河虾，"菜市场买回来的活虾有大有小，里面还夹杂着几条小鱼"。如今，活虾基本大小均匀，小鱼则不见踪影。

通过食物认知世界，是看到食物与人的关系。这关系复杂、微妙，且时刻在变化之中。第二章正是从多个层面和维度探讨了这一主题。第一次在田螺的带领下去鑫江南菜市场，是一个大雨天。从长长的坡道进入半地下市场，仿佛进入一个活色生香的新世界。来自江浙的时令蔬菜、凌晨刚刚宰杀的新鲜猪肉、个头饱满的生蚝和蛏子，令人目不暇给。在菜市场，是"看见什么吃什么"，或"什么新鲜吃什么"。生鲜电商平台则是"计划好什么吃什么"，采购并不是一种被味道、色泽、质感以及交谈的人情味包围的多重体验，而是扁平的，被简化为图片、文字说明以及买家评论的"Screen Shopping"。在《菜市场的关系户》中，田螺敏锐地捕捉并呈现了这种变化："生鲜电商平台不只打破了人与人之间的关系，也打破了食材和食材之间的关系。"买菜的量词发生了微妙的变化，从菜市场的"一把菜""几根葱""一块肉"，到生鲜电商平台标准化的克重单位。做菜成为一种严格的流程，一种精确的计算。而每每作为配菜的 300 克香菜，又或是 200 克洋葱，则成为标准化流程的边角料或牺牲品，在冰箱的角落，逐渐失去水分。

通过食物认知世界，是把"烹饪"当作动词，当作长久的、持续的正在进行时。说来奇怪，在日复一日的咀嚼和吞咽中，我们很容易忽略一个简单的事实：食物无法烹饪它自身，食物的背后是旷日持久的劳动。它烦琐、复杂，有时甚至枯燥，但也充满创造性和秩序感。"享受做饭的过程是一回事，但厨房里的隐形工作也值得被看到。"（《厨房产品经理》）

通过食物认知世界，是理解"烹饪"的多义性和复杂性。烹饪既是劳动，也是喂养。我们很容易忘记，每个人刚来到这个世界时，都是哭闹着等待被喂养。喂养与被喂养，是贯穿一生的实践。在《味道的传承》一篇中，田螺以细腻的笔触刻画了这种实践，以及喂养与被喂养的动态流变——在漫长的岁月中，在母亲的老去和女儿的成长中。田螺写道："我从未畏惧过厨房，在我成为一个写菜谱的人之后，才意识到这是因为妈妈从未让我觉得厨房是令人生畏的。"她还写道："慢慢剥、慢慢削、慢慢切，这些处理食材的习惯，由出生后经过油烟熏陶而重新谱写的基因造就，我在厨房里变得越来越利索，也越来越像妈妈。"

喂养与被喂养不仅意味着关怀与给予，爱与联结，也意味着掌控与权力。《不爱吃的可以不吃》和《谁来决定吃什么》两篇处理的正是这个微妙的权力问题。田螺以"口味"为例，展示了权力最微观也最为理想的运作方式：如果一个小孩的口味得到充分的尊重和足够平等的对待，如果不爱吃的（不论出于什么原因）可以不吃，那么吃饭"是件快乐的事情"，不必背负任何道德压力。身为弱势者，如果受到过充分的尊重和足够平等的对待，那么我们手握同样的权力时，自然就会在不滥用它的情况下行使它，在最小范围内实现人与人的民主协商。作家韩江的小说《植物妻子》和《素食者》探讨的不正是同样的问题吗？不被尊重、被胁迫，甚至被粗暴地对待，必然会引发反抗，以最激烈的、最决绝的方式，以不进食的方式，以拒绝为人的方式。

通过食物认知世界，也是以食物为窗口，窥见整个社会。在第三章中，田螺将触角探向更广阔的图景。《麻烦的"一人食"》一篇探讨了为什么在大城市"一人食"难以实现。问题并不在于"一人"，而是社会的组织和运转形式，并不总以个体为优先考量。工作时长、通勤距离、菜市场的远近、生鲜电商平台的组织逻辑，很多琐碎的问题都挤占着好好吃饭的时间。《厨房里的边角料》一篇提出的问题引人深思：在食品供应链越来越发达的今天，边角料还有容身之地吗？归根结底，是谁在定义"边角料"？如何界定"有用"与"无用"？"无用"就必须被抛弃吗？从何时起高速高效成了衡量一切的唯一标准？如果在一个社会中，人只是亟待开采的资源，而非活生生的个体，那么吃饭就只是充饥，为人持续高速地运转提供必要的燃料。正如田螺在《我们的预制生活》一篇中指出的："预制化让这个世界变得越来越像，在流水线上生产出来的食物和内容，因为过度烹饪和统一调味而变得口感一致，少了股脆生的野性。残存的少数味道不那么同质化的，口味无法被规训出来和被算法识别的，要么觉得吃着没熟，要么很快被市场掩埋。"

2025 年春节前，我们去田螺家包饺子。在欢笑中，在劳动中，在熟练和不熟练的操作中，我们把女人们的友谊与交谈包进一个个圆滚滚的饺子里。那一刻，食物就是食物，它是面粉与水的美妙交融，也是时间的魔法。那一刻，食物不仅是食物，它是情感的介质、友谊的纽带和节庆的象征。它承载着人之为人最宝贵的东西：爱与关怀，创造力与想象力。希望我们都能好好保护它。

目录

第一章

食世事

食物不只是食物

了不起的葱姜蒜

1

作为一个南方人，我在北京定居两年之后才第一次买大葱。北京的羊肉比家乡的好，那天我准备试着做个葱爆羊肉，请早市的摊主解开一捆大葱的绳子，分出一根给我。结果递钱的时候被旁边的北京大爷训斥："一捆大葱六根才两块钱，一根大葱就要五毛钱，谁会买一根啊？年轻人真是不会过日子。"

我之前就知道南北方对"葱"有着截然不同的理解和用法：北方常用大葱，用法前置，经常出现在炝锅阶段，而南方的小葱通常在出锅前才撒上，颜色和口感都显得更生。直到这次，我才意识到二者的储存方式也差异巨大。

小葱属于"细菜"，天气太冷的时候容易被冻坏，北方菜市场上就不容易找到了。所以很多北方人在越冬前就会囤积大葱，把买来的大葱稍微晾干表面，然后立起来，根部朝下放入纸箱，储存在阴凉通风的地方。储存方式看似随意，但薄薄的纸箱既可以防冻，也能保护大葱不容易变干空心。那会儿我租住在北二环的老小区里，周围本地人多，楼道里有好几户人家在门口立着这种装着大葱的纸箱，"大葱怕动不怕冻"，没人碰它就不会坏，只稍微蔫掉一点。摘一摘，就能慢慢地吃上一整个冬天，像入冬后精心储存的其他蔬菜一样。

在南方，小葱和其他的应季时蔬享有同等待遇，一般都是随吃随买。我一度以为这是南方菜市场的特点，食材丰富，买菜便捷，关键是摊主们愿意拆成小份。你当天买回家，当天就能消耗完，家里很少有绿色的食材过夜。后来我为了买菜省事，也试过把没吃完的小葱葱须续种到花盆里，或者切成葱花冷冻，用起来倒是方便了，可惜新鲜小葱那股呛呛的香味也消失了大半。

小时候，家里厨房的一角永远有几块老姜

和蒜头，用完就补。妈妈会从河边挖些湿润的泥沙回来，老姜埋进去可以保存很久。大蒜在潮湿的季节里发芽了，也可以种起来吃蒜叶。在冰箱的保鲜功能还不够成熟的年代里，惜物是更有必要下功夫琢磨的事儿。姜蒜都各自有办法延长它们的风味，唯独小葱得规划到采购清单里，确定用得上才买上一小把。

现在我的冰箱里同时常备大葱和小葱，零度保鲜功能把它俩规划到了一块儿，大葱照常挺拔，小葱在里面起码可以多坚挺一周。虽然葱爆羊肉做得少，但我已经习惯在煮汤的时候放一段大葱，葱绿和葱白衔接的一段效果尤佳。小葱更不必说，太多菜出锅后都需要这一把葱花提色。在无须过多考虑储存条件之后，又因为常住地区和饮食习惯的变化，大葱和小葱在我的冰箱里长期共存，这在以前是想象不到的。

2

我现在常用的小葱，是麻烦妈妈从湖南老家寄的，只有牙签粗细，葱味浓郁，在名字上就升了一级，叫作"小香葱"。北京也有所谓的小香葱，不过葱管粗，颜色也老，像是大葱和小葱生出的混血孩子，连家里的普通小葱都不如，更别说真正的小香葱了。北京气候干燥，菜市场的摊主会不停地给蔬菜喷水，小葱被喷得整个葱管都扁塌塌的，显得很不轻盈，切起来也不利落，容易粘刀。买回家的小葱被水汽一沤之后迅速发黄，垫多少张厨房纸巾都无法挽救。所以我在北京买的小葱既不香，也易腐，非常烦恼。

请妈妈给我寄家乡的小香葱之前一定要看准天气预报，选一个前后无雨的日子，妈妈便会早起去菜市场挑上半斤。小香葱本来就容易出水，沾了雨水只会加速腐败。即使是干燥的小香葱，也要用厨房纸巾垫上好几层，再和其他捎带着买的家乡时蔬一起装进泡沫箱发往北京。小香葱在这一大箱子里看似最不要紧，却是我最想要的宝贝，看起来颜色鲜嫩，人畜无害的样子，其实切起来劲儿奇大，又香又呛。每次刚收到快递的那几天，我会用它炒鸡蛋、炒肉，在汤里豪迈地大把大把撒葱花，感受这来之不易的千里葱香。

和很多小孩一样，我小时候对有刺激性气味的香料如葱、姜、蒜、香菜统统爱不起来，夹到碗里之后总是忍不住仔细挑掉。更准确地说，我希望菜里有葱姜蒜的味道，但葱有黏液，蒜生口气，姜丝塞牙，最好不要让我吃到葱姜蒜本身。这种时候，葱姜蒜的气味就显得更加重要，它们需要格外浓烈，才有余力传递给菜式。

葱姜蒜的气质无形中造就了一些菜式的风格，如姜母鸭、葱油鱿鱼、蒜香排骨……葱姜蒜的特殊之处在于，几乎可以以一己之力扛住整道菜的风味，再少量用些油盐酱醋，就是一道很完整的美味。这些菜当然是把葱姜蒜用到了极致的，闽南地区的传统名菜"姜母鸭"的断句方式应当是"姜母/鸭"，而非"姜/母鸭"。姜母指的是生长三年以上的老姜，只有用这种老姜入菜，才能满足对香气扑鼻和滋补气血的追求。

3

葱姜蒜虽然是厨房必备，价格也相对低廉，

不过正因为这份唾手可得，我隐约觉得，人们对葱姜蒜似乎不算重视，有时候说是态度不端正也不为过。

经典鲁菜"葱烧海参"里的大葱非常了不起，它既可以辟除腥膻，又能给酱汁厚重且黏糊的海参解腻。许多做葱烧海参的厨师把海参都研究出花来了：是用刺参、黑玉参还是婆参更好？该如何更好地让海参入味？对大葱却是忽视的。有些老饕在描述这道菜时，也会类比爱马仕搭配优衣库的错位感，强调这道菜里的大葱比海参更好吃。这并不见得是真觉得大葱有多好，多半是想以此彰显品位罢了。

也因葱姜蒜于所有菜式之不可或缺，所以在餐厅的后厨流程里，它们得提前制备。后厨的备菜盆里会准备不同尺寸的葱姜蒜。就蒜而论，有拍碎的蒜头、切颗粒的蒜末、压得更细的蒜泥，甚至还有炸过的蒜头和提取了大蒜风味的蒜油。客人点单之后再现切现做的话，那是万万来不及的。

和自家餐桌的简单烹饪不同，商业厨房里这种流程优化确实很有必要。不过也许你吃北京烤鸭的时候会注意到，配菜碟里的大葱丝经常很干，吃下去容易像吞了根棉线一样卡住喉咙。现片的烤鸭再怎么肥美酥脆，夹在饼里干巴的大葱丝还是很扣分。除了少数浸泡在油里的幸存者，葱姜蒜就是这样在没人注意的时候慢慢变干或者氧化了。因为和其他食材比起来价格更低廉，用量也更大，葱姜蒜也就显得更不重要，它们在这种提前制备的流程中被"牺牲"了。

家庭厨房的葱姜蒜能保证新鲜处理，但它们入锅的时候也经常是被含糊对待的。很多人做菜的第一步常用葱（大葱）姜蒜一起炝锅。其实葱姜蒜的耐热程度不同，姜片煸久了更香，但葱蒜需要把控焦而不煳的火候，煸炒的温度不能太高。一起炝锅的葱姜蒜，姜的香气还没到位，葱蒜可能已经变得焦苦了。

葱姜蒜的生机在于"新"，嫩葱、新蒜、仔姜的水分多，甜而不辣。如果在新生的时候就被腌渍到蜜罐子里，未经风雨，就会变成爽脆可口的糖蒜和糖醋仔姜。如果已经长老或被炸干成油，辣味和纤维并显，也就算是鞠躬尽瘁，尽力到极致了。

回不去的番茄炒蛋

1

哪怕是对食物再钝感的人都能察觉到，番茄变得越来越不好吃了。现在的番茄仿佛是所有菜市场和生鲜电商平台的充数蔬菜，价格不算高，永远能买到，在冰箱里也久存不坏。每每不知道买点什么吃的时候，总会想起足够百搭的番茄。但买回家又忍不住后悔，生吃寡淡，熟吃无味，在餐桌上被所有人嫌弃。

番茄变硬了，也不再有甜度和酸度的区间，我知道这是为了易保存和好运输而筛选出了品种，再提前采收的结果。只是各地菜市场和超市里都摆着同样难吃的番茄，这件事就显得一锤定音，没处找理了。

有一部日剧里描述了这样一个桥段，主厨需要在校园亲子午餐会上做出能让大人和小孩共同品尝的食物，以番茄为基底的"那不勒斯意面"是个简单方便且广受欢迎的好选择。但是大人和小孩喜欢的番茄甜酸比不同，在试做的阶段总有一方表示不合口味，如何找到最合适的番茄变成了主厨的难题。最后主厨在孩子们吃的意面里用了番茄酱来增加甜度，而大人们吃的意面里，则需要用番茄泥来增加酸度。这些恰到好处的风味调配，首先基于主厨在农场里找到的，已经熟透至无法运输售卖的番茄。熟透的番茄才够味儿，够甜也够酸。酸、甜、苦、咸、鲜任一味，都要依赖食物的底味。

　　我们的国民美食无疑是番茄炒蛋，它的精髓在于蛋液和番茄汁互相融合，再根据自己的口味偏好展开不同的调味风格。像那不勒斯意面一样，各家有各家的番茄炒蛋做法，有些人喜欢先用蒜末爆香，有些人喜欢在番茄里撒一点糖，还有些人喜欢滴几滴蒸鱼豉油增加一点酱香。现在的番茄炒蛋里，鸡蛋还在兢兢业业扮演它的角色，可以老，可以嫩，可以甜，也可以咸，番茄却变得皮厚汁少，不酸不甜也完全不出汁，坚实硬朗而格格不入。失去精髓的番茄炒蛋，再怎么调整风味都显得有些无力回天。

我家里现在常备新疆或意大利生产的去皮番茄罐头。用这种味道浓郁的番茄来炒鸡蛋，正好迎合了食品的工业化风向，比起多变的风味和需要为此付出的精力，稳定和便捷才是现代社会的首选。熟透的番茄在市场上再不可见，真空罐头却封印了它最美好的时候。番茄罐头既容易运输，又可以长期保存，用工业化产品来对抗食品的工业化趋势，堪称现代食品的左右互搏。

2

大约是仍然心怀幻想，我总会买点标榜着"能吃出小时候的味道"的番茄品种，价格是小时候的数十倍。有些番茄确实还行，虽然比不上从前的汁水澎湃，但好歹能搭配点番茄罐头来炒鸡蛋。这种番茄需要先用可以直接削软质食材的削皮刀削皮挖蒂，这个操作过程中滴落的番茄汁少到几乎不会淌湿砧板。然后把番茄切块，搭配半罐已经去皮的番茄罐头，观察它们入锅后因为加盐和受热而缓慢析出汁水，让析出的汁水说服自己是在做饭，而不是开罐即食。

这么一番折腾做出的番茄炒蛋，确实和从小吃到大的那盘番茄炒蛋有几分神似。但所谓回忆，就是在不断尝试之后，又反复确认再也回不去了。久而久之，连自己也分不清是否在回忆里加了太多美好的滤镜，小时候的番茄炒蛋真的有那么好吃吗？我反复和周围的朋友互相印证，小时候的番茄炒蛋确实随便炒炒就好吃。

回不去的又何止番茄炒蛋。在从前，熟透的西瓜会带着一股清新的瓜香，口感或沙或脆，甜是一定甜的，关键是靠近瓜皮的边缘部分和最中间那一口的甜度差别不会太大。熟透的桃子会有一股宜人的桃香，我吃桃不喜欢削皮，在流水下面把毛茸茸的桃子皮搓洗干净，手上就香了。啃桃子的时候汁水容易流到手上，也香。和其他水果比起来，桃子的甜度不算高，但桃香是独一份的，不管是脆桃还是软桃，桃香在完全熟透的那几天才会陡然变浓。从前连猕猴桃都很懂事，它们一个个参差着逐步变软，越软越甜，而不会硬邦邦地一起来到家里，又不约而同地一起变成一摊散发出酒味的烂水。

但这些熟透的西瓜、桃子和猕猴桃统统无法运输，西瓜会在运输过程中直接开裂，给桃子和猕猴桃装盒的时候要是不小心力气大了点，就会按出一个个手印，再也卖不掉了。

按说许多蔬菜和肉类没有番茄和水果这么脆弱，可现状也没好到哪去。朋友喜欢吃老玉米，那种老玉米不像真空包装的玉米稍微加热几分钟就能恢复糯软，而是需要长时间蒸煮。它的口感也和现在超市里一袋袋的"甜玉米""糯玉米"不同，皮厚水少，质地极硬，吃起来非常费牙，万一没煮透就更不好咬了。甜糯玉米一啃能啃出一大排，硬实的老玉米却不适合用上下门牙齐齐插入缝隙来发力，得在闲暇时间一颗颗掰着吃，慢慢吃，每一颗都极香，越嚼越香。吃从来不止于吃，煮玉米时的满屋子清香，在掰玉米粒的时候也久久环绕着，关于食物的体验从来都是立体的。

甜玉米爆浆，糯玉米黏软，当它们都和老

玉米一起被真空包装封印之后，老玉米没有了香气的优势，反倒不如甜糯玉米有口味的记忆点。在失去卖点的同时，老玉米就被城市里的消费者慢慢舍弃了。据说现在农村里还是有很多老玉米，只是销路少了之后，吃不完的只能喂猪。一时不知道该心疼自己还是该羡慕小猪，只能暗搓搓地期待能买到真正吃了老玉米的粮食猪，想必味道也是好的。

想想又觉得有些好笑，这种粮食猪或者"土猪肉"本身就是回不去的味道之一，早就很稀罕啦。

食物不可貌相

1

说起来，不同地方的人对猪肉的喜好是有区别的。更准确地说，似乎一线城市的朋友们更喜欢偏瘦一点的猪肉。一条大拇指宽的五花肉有肥瘦相间的三到五层，猪皮够薄，带皮切成厚片，横截面的肥肉是被瘦肉挤压着的，瘦肉反倒比肥肉要宽得多。有朋友会夸奖这样的五花肉"长得懂事"，言下之意就是肥肉点缀点缀就行啦，五花肉就得去肥取精！而很多饮食文化深厚的地方，擅吃爱吃的朋友们看到这样的猪肉会摇摇头，转身去挑选膘肥体壮、皮也厚实的大肥猪，请摊主现场切割自己想要的部位。锋利的切肉刀轻轻一划，刀刃两侧的肉山就这么颤颤巍巍地倒下了，像是从还在行走的大肥猪身上切下来的一样，肉还在晃呢。

习惯吃瘦肉或是长期被肥胖和"三高"问题困扰的人，多半视肥肉为洪水猛兽，仅剩的一点口腹之欲都用一点可怜的肥肉星子来满足了，看着瘦瘦的五花肉可不就觉得又好吃又健康吗？而还记得土猪肉有多香的人，一边嘴上赞同大城市朋友的说法（"现在的猪肉不行啦，一点都不香"），一边继续四处寻找记忆里的美味。猪肉不行是供应链上的事，是大城市的事，爱吃的人总有办法。要是找到养殖了足够时间的粮食猪，身上的每一寸肥肉都能闻到猪油香，切完肉的手都香喷喷的，会引来想舔手的小狗。肉有肉味，更没有经历过冷藏排酸，吃起来香脆软糯，完全不臊。

人们对猪肉的审美取向被味觉记忆、生活环境和身体状态所影响，环肥燕瘦，各有各的美，很难互相说服。对蔬菜的审美标准似乎会稍微统一一点，超市里的同类蔬菜大多尺寸接近，表皮光滑饱满，没什么沟壑，更不可能有严重的开裂。即使不小心买到裂开的番茄，也是可以拿回去退换的。

如果舍弃大城市的商超转身选择早市，或者再多走几步来到小城镇的市集里，就会发现蔬菜的长相越来越"野"，越来越"丑"，看起来都像是被商超挑剩下的。胡萝卜因为生长时被土里的小石子挡了路，多长出了几条腿。瓜果被小鸟啄出了疤，辣椒和黄瓜怎么弯的都有，拿在手上比画一下，一时都不知道该如何下刀。但长辈们特别喜欢挑这样的蔬菜和瓜果："你别看这瓜的纹路比我脸上的皱纹还多，就得这种才甜！"我们只知道外皮光滑的瓜显得"年轻"，却没想到糖分和智慧是随着纹路一起溢出的。

和长得歪瓜裂枣的蔬菜一样，更具原始形态的猪养殖起来是更费时间也更费心思的。有些地区会把这种猪肉叫作"土猪肉""笨猪肉"。"土"是一种状态，"笨"是一种方法，少了一些促进生长的饲料和肥料，猪和菜虽然长得慢，但姿态都更肆意张扬一些。

用传统方法饲养的猪，不只长肉的速度慢，养猪户也有可能因为延长了饲养时间而要承担更多的风险，万一碰上瘟病，两年的成本都得打水漂，但这些猪肉经常全被早早地预订。平日里大家仍然在市场上买些普通的猪肉，等到过年杀猪的时候才分上一大块好肉，献宝一般地再往亲近的朋友家里送一点。明明是物资丰盈的年代，居然久违地吃出了一种过年打牙祭的欢快。

2

我看着大排档里摆满各种海鲜的水缸，意识到人类真的很容易把社会规则中通行的价值判断代入食物里，不只是"以大为美"，更多的是"物以稀为贵"。水缸里有手掌长的斑节虾和手臂长的皮皮虾，重到很难用一只手举起来的帝王蟹，还有独居一缸的珍贵斑鱼，因为尺寸显而易见地比同类更大，一眼就能看出价格不菲。

这种海鲜的单价高，毛利润却未必高，不一定不好卖，却很大概率不好吃。手掌长的斑节虾如果掌握不好蒸煮的火候，虾肉会有点筋感，完全丧失斑节虾鲜嫩的特色。七八斤甚至十斤以上的斑鱼更不必说了，火候差之毫厘都是灾难。花刀没打够容易蒸不透，打多了显得肉质细碎，肉汁也会过度流失。我在陈列区和点单区来回溜达，看着客人们对各种豪华海鲜跃跃欲试，有些人还忍不住举起手臂对比尺寸，再拿起手机拍张照。来都来了，"新奇"和"面子"就是最能说服他们下单的理由。就是不知道如果他们觉得口感不如预期，下次还会不会再光顾。

连水果也是这样，当网购水果变成主流之后，有了很多不同尺寸的包装盒，以匹配不同尺寸的果子。杨梅、猕猴桃和草莓被一个个按在格子里，但凡小一点都会从格子里掉出来，一盒果子大得十分均匀。

按说头茬的草莓最好吃，积蓄了很长时间的风味和象征着成熟的红色一起慢慢染到萼片附近，一颗小小的果子浓缩了大半年的风味，一口咬下时整颗草莓都在嘴里绽放，真的非常幸福。头茬的草莓价格要贵很多，很多果农想尽办法让自家草莓早点上市。这两年心心念念买回来的头茬草莓，颜色和尺寸都像那么回事儿，咬开之后却经常发现有空心，连带着果肉的口感也松松散散的，不紧实。可以让水果膨大增产的膨大剂和包装盒的格子一起界定了水果的尺寸和商品等级，个头和利润都到位了，唯独风味变得苍白。

我记得小时候有一次家里做韭菜炒河虾，菜市场买回来的活虾有大有小，里面还夹杂着几条小鱼。家里做菜图省事，不会处理得特别精细，一兜子大大小小的虾未经修剪就一起下锅了。平时我们家很少敬菜让菜，那天我突发奇想，像献宝一样把盘子里最大的虾夹给了妈妈。我妈一边笑一边教我："小河虾还是小一点的更好吃，肉嫩壳薄。"哪怕大虾的肉吃起来更过瘾，她也喜欢吃小虾。"还好这次买的虾小个头的更多，我们都先吃小虾吧！凉了就不好吃了。"

现在回想起来，这何尝不是一种以食物论食物的平等论调？食物好不好吃，不一定和它的个头、价格成正比。妈妈也没有给食物赋予更多的意味，她不必把口感更好的虾塞给孩子，我也不用把大虾敬让给长辈。

3

　不知道是不是因为无法和食物对话，人类以投射到食物上的自身情感作为审美标准，有不少想当然的时候。除了食材，连做好的菜也是一样。

　湖南人善用酱油和辣椒，很多人对湘菜的印象都是色泽浓郁。各种小炒当然不必说，拨开碗底，一层浅浅的油汤在红和棕的色值间横跳。我小时候最喜欢用这样的油汤泡饭，融合了各种香料浇头和食材的味道，酱油和油脂把这种味道带到米饭的缝隙里，别提多好吃了。哪怕是一碗家常的快手肉片汤，前腿肉片也要用酱油腌过，出锅前可以在碗底点缀一点点剁辣椒。剁辣椒的辣度肯定会被汤水稀释，所以这碗汤的辣度极低。但就和很多人习惯在碗底撒的白胡椒粉一样，剁辣椒被出锅的热汤浇透之后，也会给汤底提供一层香气。

　习惯了这样的搭配之后，看到清汤寡水的菜会疑惑是不是缺点啥，看到红棕色的菜式就自动分泌口水，颜色和味蕾产生通感，哪怕只是看到照片，香辣下饭的感觉也已经能想象到了！

　　每个地方都有自己习惯的食材和调料搭配，这种搭配就叫"味型"。要颠覆认知也很容易，换个味型就行。

　　我从前做"红烧鱼杂"也习惯用湘菜的搭配，清洗好的鱼杂先下锅煎到半熟，除了定形还能去腥。然后炒香姜片蒜瓣，务必加点剁辣椒或黄椒酱，把底油炒得红彤彤、黄灿灿的，再加入沸水和酱油煮鱼杂。出锅后撒一把灵魂紫苏，去腥增香之余还能让汤底渗入一丝粉色。鱼杂是河鱼的脏器，鱼鳔、鱼肝、鱼籽、鱼白各有各的肥美，但鱼杂久放或者冷冻过后腥味会被放大。浓郁的汤色不仅说明这锅菜的味道足，也意味着鱼腥味全被掩盖掉了，是这道菜对食客的提前示好。

　　这几年我常跑潮汕，从潮汕街头的米粉店里得到灵感，改用冬天的大白菜和熟透的番茄来烧鱼杂。清洗好的鱼杂照例先煎一下，关键在于白菜和番茄都自带鲜甜，番茄还有微微的酸，用煮好的白菜番茄汤来烧鱼杂，有种非常"干净"的鲜甜感。烧鱼杂的时候多用猪油，搭配沸水，油脂乳化过的汤底是奶白奶白的，番茄的酸度回味清晰，又特别解腻。连搭配的香料也从紫苏改成了香芹，这锅鱼杂真是清新到底了！

这些年家里餐桌上菜式的色调从以红棕色为主，到逐渐加入了更多的红黄色或黄绿色，我管这种饮食习惯的改变叫作"去酱油化"。去酱油化不是刻意的，而是随着食材和味型的选择越来越丰富，对食物的审美也越来越多元。

4

以菜式的色调来判断好吃与否，是大家共同的食物直觉。现在在社交网络上传照片时可以选一种"食物滤镜"，照片上缭绕着雾气，仔细看碗里的食材有些都已经凉透变干，滤镜却让它乍一眼看起来像是刚出锅一样。颜色当然比实物来得更浓烈，绿的偏黄，红的更红，棕的更棕。

学习如何透过滤镜观察食物，像是孙悟空在太上老君的火炉里练就火眼金睛，总得先吃点亏才能看清楚滤镜底下是人是妖。

　　我都不知道怎么列举我在食物滤镜下吃过的亏。走到一家小酒馆里点上一只烤鸡，之前在社交媒体上看到的这只烤鸡照片看起来再正常不过，油润焦香，很难不好吃。等到店员端上实物就直接傻眼，这个火候简直像白切鸡一样啊……我快速搜了十来张同是这道菜的图片，终于发现问题所在：虽然鸡皮在滤镜的作用下颜色诱人，像是经历了充分的美拉德反应，但它没有应有的褶皱，也不像真正烤过一样因为油脂流失而变薄。我吃到的这只烤鸡是一如既往地差，而不是单单今天的这只出了问题。怎么说呢，只能怪自己看得不够仔细，才被疑似餐厅的公关照片给骗了。

　　我很难想象这是在社交媒体年代里急需提升的一项技能：在极度美化的照片或视频下，寻求一些食物的真谛。滤镜下的食物们，除了烤鸡会有点生，还会有看似炒菜实则宛如沙拉的青椒炒茄子，没炒透的青椒和茄子入口全是生味，再浓郁的调料也压不住；有铺满一层葱姜大料的汤水，餐厅想展示食材有多硬核，真正吃起来却是满满的药材味；还有红彤彤的卤味，本来试图用浓郁的红色取悦无辣不欢的群体，没想到吃起来除了辣，还格外咸。

但我也完全可以想象，在如今的网络环境下，似乎没有必要给其他人展示最真诚的一面。不管是食物还是个人价值观，随大流很容易，袒露自我才是有风险的。做午餐肉罐头的朋友苦笑着说："虽然煮熟的猪肉就是白色的，但大家觉得新鲜的肉得是红的，所以色素和亚硝酸钠真的没法不加。"

好看和好吃哪个更重要？这实在很难有一个标准答案。为了刺激其他人的食欲和互动，我这种以好吃为第一准则且坚持不给食物加滤镜的人，把吃到的菜发到社交网络之前，也一定要擦擦盘子，再稍微调整一下摆盘，能好看一点是一点吧。

标签化的食物

1

食物是被吃到肚子里的，我们看待食物的时候，最关心的就是它们好不好吃。鸡有鸡味，菜有菜味，这是吃一种真实存在的食物时最基本的诉求。它们各自长了多大年纪，又经受过怎样的高温、雨水和霜冻，是青涩还是温润。食物的履历都体现在风味上，一点都不含糊。

什么季节就该吃什么菜，时令理应是食物最基础的标签。时令的食材不仅比春雨秋风出现得更早，它们还是季节切换的信号，换季的衣物还没收拾，春江水暖"菜"已先知。

春天的韭菜清香不辣，还有各种时令野菜和草木共生。夏天的瓜果和空气一起蓄满了水分，吃起来更水、更脆、更甜，时令的蔬菜有泥土的清香，我最喜欢用空心菜（蕹菜）搭配蒜末、腐乳或虾酱。冬天里的各种绿叶菜都裹了一层打过霜的糯糯甜甜的外衣，大白菜、红菜薹、上海青，一个更比一个甜。而说起秋天，一时半会想不起来太特别的蔬菜，但有些蔬菜在夏天的时候水气太旺，进入干燥的秋天反而更甜了，比如茄子。还有些冬天的蔬菜在秋天也刚刚长出新模样，不带一点筋络的红薯、莲藕和白萝卜，吃起来特别嫩口，这何尝不是另一个春天？

时令是一茬一茬的，是此起彼伏的。我每年初春必定要在北京菜市场蹲守头茬香椿。积蓄了一整个冬天的头茬香椿，只长到食指长短就被迫不及待地摘下来，用最细小的枝叶承载了最浓郁的味道。这会儿的香椿颜色九成红一成绿，梗没有纤维化，很脆嫩。再往后的香椿虽然便宜不少，不过绿色比例越来越大，香气渐弱，质感渐老。不过不慌，其他地区的香椿会陆续冒出来的，只要有心，总能比别人多吃好几轮头茬。

买海鲜就要看准渔获的上市季节，从温度低的水域开始买。我从不拘束于某一个产地，现在物流这么发达，完全可以在更大的范围内"赶海"嘛！每年秋天开渔之后，先买济州岛和渤海湾产的带鱼，越冷的地方越肥，再跟着带鱼一路慢慢向南。要是刚入秋就买南边的带鱼，大概率不会好吃。

"带鱼怎么做才好吃"是随之而来的另一个话题。作为很多地区共同的食物记忆，内陆地区和沿海地区的孩子们印象中的带鱼可能完全不一样。从前的保鲜和物流体系不够成熟，距离海岸线有段距离的地方，带鱼作为逢年过节才发放的福利物资，拿到手已经说不上十分新鲜。平时也舍不得吃，再在冰箱里冻上一段时间，得用重口味的香料和酱油红烧才能勉强压住那股鱼腥味。即便如此，作为物资不丰富的年代里少有的蛋白质，带鱼还是一种非常矜贵的食材。谁家要是做了带鱼，那股鱼腥和大料混杂的味道传到楼道里，会引起邻居的艳羡。

相比之下，沿海的孩子就要幸福得多。瘦带鱼干煎，肥带鱼清蒸，无论是什么季节的带鱼，也无论用什么方式进行烹饪，肉质都是松软鲜美的。冻僵的带鱼鱼鳞尤其腥，我认识的很多北方朋友，直到现在还习惯性地把带鱼鱼鳞刮掉再烹饪。沿海的朋友看到会连连摇头，在新鲜带鱼身上，这可是营养丰富又自带口感的好东西。

其他食材也像带鱼一样，可能翻过一座山，烹饪方式就大不相同。现在信息越来越发达，同一个地方同一个食材的吃法也在慢慢变化着。食物包含的人文信息实在是太多了，不同成长环境下长大的人在沟通关于食物的记忆和喜好时，几乎能把年代和家庭背景也一并对上号。

"以前小龙虾几块钱买一斤，哪像现在几块钱只能吃一只啊！"

"小时候整个冬天都只有大白菜吃，天天吃到想吐，现在实在是不想看到大白菜了。"

"我记得以前随随便便就能买到野生大黄鱼，我爸要知道这条大黄鱼花了几千块……"

这些聊天每一句都从食物开始，又都不只关于食物。隐藏在背后的信息标签宛如跨越了时空，这是食物真正有趣的地方。

2

江浙人爱吃甜、川湘人爱吃辣、南方人吃米、北方人吃面，我们早就不自觉地将食物的烹饪习惯和口味偏好标签化了，这是食物的另一重意蕴。如果以一个经济文化地区为圆心，立下标签化的标杆，从圆心可以画出多少条半径，就有多少种变异和解读的可能。

我在湖南长大，大家都默认湖南人能吃辣、爱吃辣，湖南人确实能在几乎一切菜式里都把辣椒安插到合适的位置上。粉粉糯糯的毛芋头上市了，芋头炖牛腩的汤里居然也会加几根干辣椒。不是湖南人嗜辣到连喝汤都非辣不可，而是因为牛腩偏肥，辣椒的干香可以给油脂丰富的汤水解腻。本地辣椒的辣度不高，甚至可以拿来当小葱用，在乳白色的鱼汤出锅前撒一把，香气扑鼻，颜色也好看。夏秋两季收到合适的辣椒，会用晾晒、腌制等各种方法保存起来。如果腌制的时间延长，辣椒质地会更稀，酸度也更高，咸辣变成了更有层次的酸辣，用这种"剁辣椒"或者"腌辣椒"做的菜格外开胃。

不管是为了解腻、提香还是开胃，这些用法参差多样的辣椒，在外地的湘菜馆里很容易被简化成最好买、最稳定，辣度也偏高的小米椒。吃辣是会让人上瘾的，来湘菜馆吃饭就是为了找个痛快。客人的预期既然如此，餐厅就必须满足客人的要求，"一辣遮百丑"，细腻的味道层次和结构也就不那么重要，首先得够辣。

当大家都默认湘菜必须辣且可以更辣之后，它就真的一辣不可收拾。家乡在社交网络上变成了热门的旅行目的地，很多湘菜馆的主要客群也从附近的居民转向了游客。小米椒的好处不只是够辣，切配也无须费神，一律切圈圈就行，后厨备菜更容易了，放眼望去每个桌子都是红彤彤的一片。不仅如此，连本地菜市场里辣椒的品种也越来越少了，与其费劲培育季节性强还不够辣的辣椒品种，不如多花心思满足越来越辣的湘菜市场。

只要吃的东西不在自己的饮食舒适圈里，碰到的情况就会很像。我去福州吃了几家本地家常菜餐厅，被毫不克制的甜度冲得脑门发晕，出门就拐进了咖啡店，试图用咖啡的酸苦压一压。刚刚提起福州菜太甜的话题，咖啡店老板就忙不迭地解释了半天福州菜的变化过程。听起来和湘菜的发展路径殊途同归，总之都是从前精细现在粗糙，从前各有各的好，现在做得差不多就拉倒。末了她还忍不住评价：福州菜虽然甜，但还是比湘菜一味的辣有层次。

行吧，我也很难在几句话里解释明白为什么辣椒变成了现在的辣椒，餐厅里做的湘菜怎么越来越辣，也越来越不像从小吃的家常湘菜，我又在离家近二十年之后如何形成了现在的口味偏好。再被朋友问起为什么不爱吃辣的时候，我都戏谑自己是个"假湖南人"，自己把自己身上的标签摘掉最省事。

3

在反复跟朋友解释过不嗜辣的口味之后，如果对方还轻飘飘地扔下一句"那肯定还是比我们江浙人能吃辣"，我很难不认为这句话背后没有隐藏一些关于食物的优越感。

饮食习惯在千百年前就形成了，有些刻板

印象也持之有故。通常认为云贵川和湘赣地区的人喜欢重油、重辣、重盐，而江浙和闽粤沿海地区的日常饮食调味清淡，更崇尚食物的本味。很多饮食史的书里也提到过，在辣椒传入之后，有些贫穷且缺盐的地区会用酸和辣来代替盐调味。而且重体力劳动者在大量出汗的时候体内的盐分会流失，能量消耗大，饭量也大，需要这样的重口味来刺激胃口和搭配主食。口味重的地区经济条件相对差，口味清淡的地区相对富裕，确实曾经如此。

不可否认东南沿海发展得早，西北内陆人口少，条件也比较艰苦，可是这并不妨碍每个地方都有自己的好食材。我有好几位内蒙古的朋友不约而同发出过类似的感慨："在离开内蒙古之前是不知道羊肉有膻味的，但都觉得海鲜太腥了。"

小时候在南方吃到的羊肉无一不是在浸泡、焯水去腥之后，再用葱姜、草果、陈皮、砂仁之类的香料同烧的，调味还必须来点酱油、辣椒、腐乳。这些步骤意在遮掩，久而久之大家对羊肉的印象就是腥膻，很多人也不爱吃羊肉。其实在西北众多好羊肉的产区，烹饪羊肉的时候习惯只用水煮，最多放几颗花椒提出鲜味，难道这不也是"口味清淡"的表现吗？如果买到的海鲜都像冻带鱼一样，压住腥味是比突出鲜味更急切的诉求，肯定也只能选择重口味的方式来烹饪。是重食材轻调味，还是重调味轻食材，还得看这个地方的食材品质怎么样。

在社交媒体上能刷到一类评论，坚定地打倒一切调味，认为懂得品尝食物的原味才是最高审美。这类评论的代表性句式有："这个用辣椒炒太浪费了""我们 ×× 人做鱼最喜欢清蒸""这么好的虾最适合白灼，盐都不用放"……我仿佛能看到他们写下评论的同时对着手机摇头惋惜的神态，但也很难不觉得这些评论的背后有另一重含义：自己更懂得欣赏食物的本真状态，而对方没有这样的审美能力。否则为什么执着于把不同的烹饪方式分个高低呢？

食材好，当然适合吃原味。食材好，也更具备一种怎么做都好吃的基础条件。

4

当食物和生活方式挂钩之后，吃什么样的食物，就意味着你是什么样的人。早餐吃面包，那多半比啃馒头来得"小资"；喝燕麦奶，可能是乳糖不耐受，也有可能是像燕麦奶品牌宣传的一样更讲究节能和环保；喜欢吃西餐和日料，而且平时不在菜市场买菜，要特别订购有机蔬菜，毫无疑问非常"中产"。

这些和生活方式挂钩的食物甚至还可以像游戏一样升级打怪，譬如一旦发现自己对日料感兴趣，可能会需要陆续跨越不同级别的门槛。首先要学习的是各式名词和礼仪，懂不懂"一汁三菜 *""怀石 †""八寸 ‡"的含义倒是次要的，毕竟坐在

---

* 日本料理中常见的菜单组合，由一道汤（通常是味噌汤）和三道菜品（一道主菜、两道副菜）搭配主食（米饭）组成。

† 日本的一种料理方式，来源于禅宗僧侣修行时的一种行为：为了抵御饥饿，僧人们会在怀里放一块温热的石头。现在发展为一种器皿、摆盘和流程都非常精致的料理形式，通常价格不菲。

‡ 怀石料理中的一道菜品，不局限于料理方式，将季节性的食材分别烹饪后组合装入器皿，经常能体现出主厨对当季食材和景色的解读。

日料店里也没人会出题考试。不过如果在吃价格较高的板前料理*时，询问为什么没有搭配寿司的芥末酱油，就很容易遭遇奇怪的眼神和含蓄的科普：芥末和山葵是不一样的，而且师傅也已经给寿司做好调味，直接入口就可以了，最好用手拿而不是用筷子夹哦！

对食材的评价也要在价格和供应量之间挣扎，最贵的食材不一定最彰显品位。金枪鱼的大腹虽然肥美，吃口还是太腻了，何况这条金枪鱼还不是野生的。赤身†部位耐吃一点，虽然有点筋感，但瑕不掩瑜，最能体现这条金枪鱼的风味。中腹‡靠近赤身部分的"血合岸"§也不错，筋膜少，兼顾了风味和油脂，但是只能切出几片来，一般都是留给熟客的。

---

* 日本的一种传统料理方式，顾客和厨师之间相隔一条长板（料理台），可以一边观看料理过程一边用餐，一般认为比其他方式更有利于顾客和厨师深入交流。
† 赤身的直译是红肉的意思，金枪鱼的赤身特指围绕在脊骨附近的部位，通常脂肪含量最少，颜色较深。
‡ 金枪鱼中下腹部的肉，脂肪含量比较适中。
§ 金枪鱼赤身和中腹之间的一小块肉，靠近"血合"，是味道浓郁的可食用部分。而血合一般指的是鱼骨附近颜色更深的肉，容易氧化变黑，在高级寿司店中通常会被认为不宜食用而舍弃。

连预订也有规矩，提前一周预订不算什么新鲜事，有些"预约困难店"得提前几个月甚至几年才能排得上号。大部分日料店店面小，接纳量有限，也因此成了稀缺资源，需要熟客带路才能进门。提前到店，准时坐下，按时离场以方便店家接待下一拨客人。越稀缺越让人好奇得想一探究竟，每一个门槛既是筛选，也是谈资。

食物不再是纯粹的食物，它的标签化特质在此时体现得淋漓尽致。当不自觉地使用这些标签来阐述食物时，除了可以更方便地结识同类、拉近距离，也可以作为阶级区隔，并以此保留一定的攻击性。也许因为食物是非常细微且私密的体验，如果撇去所有标签而只是单纯地描述味道，不仅难获得共鸣，也很难有心理上的优越感。

这似乎和整个社交网络的发展趋势是一致的，人也在社交网络上给自己打标签。十几年前社交网络刚刚兴起的时候，分类并没有像现在这么垂直，打标签的初衷是为了让陌生人更好地了解自己。随着社交网络越来越发达，越来越垂直，渗透性也越来越强，标签逐渐变成了一种自我运营的人设。自我标签化的目的既是彰显个性，也是希望别人按照标签描述的那样看待自己。

5

和新老朋友们聊天，我会习惯性地问问他们喜欢吃什么，又喜欢怎么吃。比起星座和 MBTI*，口味是更具体的喜好描述：既不会无从选择，也不会容易对自己有错误的心理预期。口味是基于事实的，是喜欢或者不喜欢，又或者是曾经喜欢过现在却变了。无论哪种答案，都可以有很多故事，可以不那么标签化。

有次我计划请熟悉的贵州朋友来家里吃饭，先把北京的贵州餐厅菜单翻了个遍。确认大部分餐厅做的都是酸汤鱼、凉拌折耳根之类的大众菜式，于是我摩拳擦掌准备给她炒一个

---

* Myers-Briggs Type Indicator，迈尔斯－布里格斯性格分类法。

"糟辣椒炒猪板筋"。糟辣椒是贵州人的家常必备，日常炒肉炒饭都可以放一勺。猪板筋是一层嵌在猪板油和大里脊（通脊）之间的白色筋膜，在广东和贵州地区是抢手货，在北京菜市场却很好买。要么是北京餐厅不愿费工夫处理，要么是卖不上价钱，总之这道贵州常见的家常菜还没在北京流行起来。

朋友定居北京的时间比我还长，平时也常常一起吃饭。她的口味清淡，我猜贵州本地咸辣猛烈风格的糟辣椒她多半已经吃不惯了，于是想办法买了点咸度更低、质感更柔和的"糟辣椒"，用中小火把猪板筋慢慢炒上两三分钟，板筋的胶质变得软糯粘嘴。糟辣椒放得不多，入味却足够深。看她一口气盛了三碗饭，我就知道她是喜欢这个改动的！

过分依赖标签，多半会让人变得武断。有一次和一位新认识的长沙老乡吃饭，她默认我能吃辣，我默认她爱吃内脏。我提前到了订好的湘菜餐厅，兴致勃勃地点了一堆"酸辣腰花""衡东脆肚"之类的内脏小炒，还特地叮嘱老板不要放小米椒，就按湖南本地的家常辣度做，用香而不辣的辣椒提出香气就行。结果上菜之后才知道对方一点内脏都吃不了，又希望能吃点辣得够劲的，俩人双双傻眼。我们大概都是湖南人里的另类口味，却不约而同地对对方使用了同一套表述。

不管是讨论带鱼应有的口感，还是同一地区不同人的口味偏好，我越来越不想用现有的标签去概括一个整体。标签越显眼，印象就越扁平。一斤鲜甜的斑节虾既可以白灼，也可以煎炒、盐焗，或做个豉油皇，想怎么吃就怎么吃，食物也应当被"去标签化"。

最近我采访了一位贝果店的老板，她提到经常有附近居住的老人遛着弯就进来了，看见和甜甜圈造型接近的贝果很好奇。有些老人会误以为这是甜品，想买几个尝尝。碰到这种情况，她并不会急于给对方结账，而是先介绍贝果是什么，提醒对方这种面包的口感有些韧。我下意识地问她："是怕对方牙口不好吗？"担心老人家咬不动贝果也情有可原。"倒也不是，"她说，"不能假定对方牙口不好，但万一对方以为这是甜甜圈的话，我担心他会失望。"

　　在去标签化这件事上，和她相比，我还是
做得不够好。

时令的不时令

刚刚过完年的二月底，我准备为时令的"腌笃鲜"跑一趟杭州。这趟行程的目标说来也简单，就是吃几天春季时令菜。我的算盘打得那叫一个响：除了用嫩笋、咸肉慢慢煨到汤色浓白的腌笃鲜，马兰头香干、荠菜春笋、香椿鸡蛋也可以顺便一网打尽。虽说现在物流发达，这些食材在北京也可以轻易买到，不过捡个应季的日子去当地吃，还是有些不一样的意味。想象中满目都是刚刚采摘的大把鲜嫩，且又不算特别稀罕，只要人到了就可以应吃尽吃，绝不可能落空。

我是这么盘算的，本地的餐厅老板们同样

如此。老板们每天换着花样在各个平台的短视频里展示这些绿得深浅不一的野菜:春寒料峭,早起逛本地菜市场发现又有新野菜上市了。镜头一转看到正在反复刮洗蔬菜根部泥沙的帮厨们,身上已经脱去了厚重的羽绒服,洗野菜的水还有点冻手。几乎所有的野菜都可以切碎打散炒鸡蛋,猪油厚一点,烧热一点,下锅时蛋液才蓬得够高够香。春天如此细嫩鲜活,谁都不该错过春天。

走进约好的餐厅,看着进门处满墙的火腿、咸肉和咸鸡就很开心。咸肉的颜色是自然的暗红,关键是那种咸香醇厚的味道还很纯粹,没有夹杂因为时间和温度产生的油耗味,绝对是今年的新货。我还没来得及窃喜,老板已经先我一步惋惜:"可惜你没早一个月来,春笋腌笃鲜还是没有冬笋腌笃鲜好吃啊!"

原来在早年间储存条件更差的时候,要想在冬天做腌笃鲜几乎是不可能的。冬笋已经抢先冒了头,需要腌一个月晾半个月的咸肉还没在西北冷风下吹够时间。等到咸肉做好的时候正是乍暖还寒,又得抓紧在气温完全升高之前把咸肉消耗掉一些。冬笋长得慢且不说，还深埋在底下不好找寻踪迹，疯长的春笋量大，价格比冬笋要便宜得多，腌笃鲜也就默认搭配春笋了。"肉等笋"比"笋等肉"要来得容易，食材和时令环环相扣，这才是所谓"不时不食"的奥义。而现代厨房保存食材的条件已经完全不同，冬笋大量上市的时候，只需要从冰箱里掏出去年的咸肉，也能笃出一锅浓浓的腌笃鲜。头年的咸肉搭配今年的鲜笋，虽然时间有点错位，但只要咸肉保存良好，冬笋腌笃鲜确实好吃太多了。

没有冬笋腌笃鲜，能吃上春笋腌笃鲜也行，我的预期本就如此——结果老板说时间也不对！虽然市面上已经有零星的春笋了，但不是自然生长冒头的，是利用米糠轻微发酵产生的热量捂出来的"奢糠笋"。人为提升温度，让笋以为春天已经来到，提前出笋以抢占市场先机。奢糠笋没有自然长成的黄泥笋那么清香，如果吃惯了自然鲜笋，是很容易分辨出来的。

冬笋嫩，春笋涩；冬笋矜贵难挖，春笋量大便宜；冬笋笋衣能挂汁，春笋光滑难入味。腌笃鲜该选冬笋还是选春笋，很难用"时令"

二字简单概括，背后还有对成本的考量和长期的饮食惯性。

2

人们一旦发现某种时令食材受欢迎，就会想方设法延展抻拉这份时令，这是市场的敏锐。笋目前还坚守在时令的框架中，而从前季节限定的丝瓜、空心菜、羊肚菌，现在几乎任何时候都能买到。时令的广度被扩大了，少了一份害怕错过的紧迫，日常购买食材的预算也更有余裕，这些当然是好的一面。但时令的精度却出现了很大的偏差，冬天的空心菜口感干柴，丝瓜也又老又苦。

这一年的冬天，我自己在家笃了一锅冬笋腌笃鲜，在氤氲雾气里继续思考何为"时令"。时令对我的意义远不止"尝鲜"二字，还是新的菜谱灵感，和远方亲友的谈资，以及自由职业者囿于方寸时和自然为数不多的连接。我往常就是那个最捧场时令的人，日复一日地逛菜市场，看到摊位上突然出现的新货很容易眼前一亮，然后不顾价格地买回家。这会儿知道了还有类似笤糠笋这样的食材，就觉得自己抢跑的行为有点傻，原来时令也不一定要赶早。

春笋、丝瓜尚且属于日常小菜，碰到一些单价更贵的季节食材，"抢跑"就变成了一种行业处境：可以贵，但不可以晚。

每年夏天的雨季，作为尚未被人工干预太多的一期一会，云南野生菌堪称一场浩大的时令盛事。雨水落，菌子长，一丛接一丛，一种又一种。从夏初到中秋，各种野生菌的姿态和口味各异，无论在中高端餐厅还是家常餐桌，来自远方的稀罕物都值得讨论品鉴一番。

松茸是话题最足的野生菌之一。从前除了部分出口，许多松茸都在本地以家常习惯的烹饪方式被消耗掉了。松茸和薄皮辣椒一起爆炒，清新的味道被蒜片和辣椒压制得厉害，并不出彩。随着对食材的认知和物流速度同步升级，松茸的"淡雅"香气被重新认知，第一次接触松茸的外地人反而容易接受这样的设定，尽量用煎、煮、生吃的方法品鉴松茸的本味。审美取向的变化和时代变化同频了，曾经被本地人嫌弃香气不足的菌子，如今价格节节攀升。

国内餐厅用到的松茸大多标榜来自"香格里拉核心产区"，这里海拔高、风土好，长出的松茸肉质脆嫩，菌柄紧实有弹性，香气也格外浓郁，品质毋庸置疑。可除了香格里拉，四川甘孜、四川阿坝、西藏林芝和东北长白山等产地的松茸几乎很少听闻。气候与地理共建风土，其他产地的松茸因何湮没至此？直到有一次和熟悉的餐厅老板聊起货源问题才得以解惑，他说长白山产区的松茸品质也很好，但因为纬度太高，上市时间比云南松茸足足晚一到两个月，完全赶不上餐厅设计菜单、确认供货的节奏，基本无法出现在客人的视野中。食材的供应链条一环扣一环，使用客人们不认可的产地和品种，归根结底还是太冒险了。

3

餐厅运营求稳，还好家常餐桌可以多变。我一边按照小时候的经验，春初买早韭，秋末囤晚菘，一边睁大眼睛观察，看这个季节里有没有错过的食材，那个食材又有没有错过该吃它的季节，争取把它们两两配对，不要再出现腌笃鲜的错配感。

不知道是不是我的错觉，一旦想恪守时令，就发现时令的节奏格外紧凑。小时候觉得春天有吃不完的新土豆，现在却得在刚上市的一两周里抓紧吃个够。不然小土豆长大了，质地有变化不说，尺寸还容易和陈土豆搞混。新土豆香气复杂，像是青草混合了黄油，是隔年的窖藏土豆完全没法比的。敦厚的陈土豆虽然口感粉糯，但香气全无，这种质感显得格外笨重，倒是和秋冬季节很般配。

对从前时令感很清晰的蔬菜，我也尽量后退一步，争取重新认识它们，比如从小吃到大的青辣椒。不是尖椒，不是杭椒，也不是灯笼椒，就是细长型的浅绿色辣椒。它们皮薄肉厚，不拘泥何种姿态扭曲，像葱姜蒜一样属于家中常备的食材，平时常用来炒猪前腿，就是湖南最家常的"辣椒炒肉"。几乎所有的家常菜里都可以加两根这样的辣椒作为点缀，甚至煮汤都可以加一把辣椒碎提香，用法绝不拘泥。

春末夏初，在春笋、香椿、春韭、芦笋这些食材陆续上市之后，辣椒就开始占据菜市场的舞台。不过现在农产品的种植和物流越来越成熟，菜市场的摊位总会有一些不同品种的辣椒，那些老演员都和季节没什么关系，一定要认准颜色更嫩的新辣椒。嫩绿的颜色和春天同步，吃起来皮薄化渣，香而不辣，掰开闻一下也不会呛鼻。像穿短袖走在刚刚升温的天气里，吹面不寒，也完全不燥热。

　　刚上市的嫩辣椒，连辣椒梗都能吃。按说辣椒梗的辣度比辣椒要高得多，但这就和酿葡萄酒的原理相近，葡萄梗既是生青味最重的部位，也是葡萄整体风味的一部分。把整根的嫩辣椒连带辣椒梗一起洗净、拍扁、油煎，做成虎皮辣椒，风味是更复合的，就像厉害的酒农也能在酿葡萄酒的时候依据情况决定是否需要加入葡萄梗一样。

　　去梗的头茬嫩辣椒，除了炒猪肉百吃不腻，还有一个非常特别的吃法：用喷枪或炭火把辣椒烤到完全软烂，泡在水里剥去辣椒皮，扯掉辣椒籽。用菜籽油炒香几颗干豆豉和少许蒜末，加一杯清水和一小撮盐，就这么把辣椒煮软，汤汁收浓。这种"水煮辣椒"的风味极其纯粹，是吃过就难以忘怀的味道。现在离家太远，凭网购很难抓住辣椒最嫩的那个瞬间，买到最嫩的头茬辣椒几乎已经成为我每个春天最挂念的一件事，屡败还要屡战。

几场连绵的春雨之后马上入夏，嫩辣椒的时令和春天等长。接下来就是看天吃椒，天气越热，辣椒皮越厚，辣度也越燥。直到秋末，在本地的辣椒树被连根拔起之前，菜市场里会出现很多尺寸如大拇指大小的"扯树辣椒"。因为秋季干燥，扯树辣椒虽然个头小，嫩度和春天的辣椒相似，但明显更辣一些。本地辣椒在冬季因缺失而静默，需要靠外地运输的辣椒来填补，一年四季就是如此时令分明，让人继续盼着下一个春天的嫩辣椒。

辣椒是湖南人餐桌上不可或缺的食材，炒土豆丝、炒鸡蛋、烧鸡块里都少不了，所以我之前还在湖南生活的时候，能很明确地感受到每道菜里辣椒不一样的口感，时令的精度很细。这种感受非产地不可得，无论语言如何描述，最后落在大城市的菜市场或超市里，就是一份份塑料包装的，尺寸接近，辣度也几无参差的尖椒或杭椒。时令二字在这一刻被抹平了，一如求稳的餐厅食材一样。

适口者"野"

1

我家附近有家小小的粤菜餐厅，门面干净、菜单简短。虽然调味的咸淡有点飘忽，但亲眼看过后厨的干净程度和老板按部就班的蒸浸斩切后，这家店仍然是我点外卖的首选。随机选半只豉油鸡或白切鸡，搭配两个炒菜，也是能吃得比较舒服的一顿。

但最近发现本来滑嫩的白切鸡水准一路下滑，起初是鸡骨开始不带血，慢慢地皮肉之间的啫喱也消失了，鸡皮不脆了，最后连下庄[*]

---

[*] 整只的禽类烹饪完成之后，先被竖着劈开一半，再横劈一刀分为四个尺寸和重量都接近的部分，通常带有胸和翅膀的部位被称为"上庄"，带腿的部位被称为"下庄"。

的腿肉也变得粗老。我溜达着到店里瞅了一眼，老板没换人呀！鸡也还是那个品种的鸡，唯一变了的是鸡肉浸煮的时间变长了。

万万没想到是因为客人投诉，说带血的鸡肉没熟，恐有禽流感风险。相关部门上门的态度当然是充当和事佬："可能很多北京客人不习惯正宗白切鸡的火候，要不你们迁就一下？"这一迁就，就把整个白切鸡的精髓都迁就没了，浸煮的时间不再精准，鸡肉状态如多米诺骨牌一样逐步垮掉。老板无奈且委屈，据他分析这是碰上了同行下绊子，相关部门又和稀泥。他殷殷叮嘱像我这样的老客人可以提前半天下单备注，确保能吃上又嫩又滑的白切鸡。

但我在北京的粤菜馆，也经常碰到服务员小心地和客人确认白切鸡"是否需要全熟"。大概确实有很多人吃不惯骨头带血的白切鸡，一如吃不惯潮汕牛肉火锅，觉得那种脆嫩的口感不同以往炖煮得完全软烂的番茄牛腩和酱牛肉，会怀疑这肉是不是没熟。在对食物口感的认知上，不熟悉即不正确，宁可多煮会儿以保证食品安全。当许多饕客为潮汕牛肉火锅里不同的牛肉部位所呈现出的不同口感啧啧赞叹时，也有人谨慎地不愿迈开这一步。

2

根据我的观察，对食物的口感偏好跟本地的食材种类以及长期的饮食习惯有关，一般在食材资源相对丰富的地区，用以形容食物口感的词语也随之丰富。这是一种持久的惯性，也是一种先声夺人的姿态：理解深入，也就甄别得足够仔细。

而这些食材资源丰富的地区，几乎无一例外地都喜欢用"脆"来形容食物的口感，这约等于夸奖食材品质新鲜。"脆"还可以延展为"脆嫩""清脆""爽脆""脆弹"……不同的脆，各有各的脆。必须是足够新鲜的食材且未经过度烹饪才脆，水分充沛的食材一旦变得不够新鲜，就会马上流失水分。这种"失水"体现在蔬菜上是肉眼都能看出来的变蔫了，体现在鱼、肉、禽类上则是口感失去一种立体且蓬勃的支撑，入口要么韧，要么软趴趴。抑或拉长烹饪时间,久煮久炖之后,食材变得"软绵""软烂",这又是另外一种口感取向了。软烂的食物好入味也易咀嚼,但很难想象两锅软烂的炖菜在口感上能有多大差异,主要的发挥空间是配料和调味。

海鲜、猪肉和各种动物内脏是否新鲜,又以何种烹饪方式呈现,口感可以说是天差地别。相信很多内陆朋友都对烹饪鱿鱼有心理阴影,鱿鱼煮到什么程度算熟?又怎么才能让它吃起来不那么像橡皮筋呢?

同样作为内陆地区长大的孩子,我小时候能吃到的鱿鱼有两种。一种是用食用碱泡发的干鱿鱼,气味浑浊得有些刺鼻。得用清水反复漂洗掉碱味,再和猪肚、油发猪皮、炸肉丸等一起在高汤里煨熟。在很多内陆地区,这道叫作"全家福"的大菜会在各种婚丧嫁娶节庆宴席中出现。碱发鱿鱼耐久煮、好入味,只要汤底到位,几乎对烹饪时间和技术没有要求,容错率很高。另一种是冷冻鱿鱼,解冻后摆在摊位上,散发着内陆人民刻板印象中的"海鲜味"。爸妈们也会试图做这种鱿鱼给孩子尝尝鲜,但无一例外地屡战屡败，一入锅就大量出水，怎么炒都又腥又韧。最后只能在饭桌上彼此安慰："大概鱿鱼就是这个味道吧。"

近几年逐渐普及的冰鲜鱿鱼和速冻鱿鱼，无论气味还是口感，都已经十分接近沿海产地的新鲜鱿鱼——这也是我少数并不怀念旧时食物的时刻。物流和冷冻技术的发展，让鱿鱼的最佳口感被定格。从冷冻柜里拿出一盒鱿鱼在水下反复冲洗，加速解冻，观察水烧至半开未开，冒的泡泡只有虾蟹眼睛大小，也就是所谓的"蟹目水"，此时把打了花刀的鱿鱼入锅，稍微汆烫一下就十分鲜甜脆口。这种口感是纯粹的，未经雕琢的，是最自然不过的。

3

如果说保持鱿鱼的脆弹爽口，更多是对食材的复原和尊重，那么对动物内脏中的肚、肠、肝、腰，厨师们几乎在不遗余力地横加干预，力求一切尽在掌控。

内脏最容易腐坏，新鲜宰杀后的每个小时，

气味和质感都在不断变化。不知道有没有朋友在番禺、汕头、漳州这些地方吃过凌晨营业的猪杂粥？每天半夜，从屠宰场刚刚拉过来的新鲜猪肉和猪内脏准点运到，在车子停稳的那一刻，无论是屠宰场工人、餐厅老板还是排队的客人们，都精神抖擞得好似备战。客人们一哄而上，把还冒着热气的各种部位抓到不锈钢盆里，请老板过秤后切好，煮进已经开花的米粥里。

无论这锅猪杂粥有多烫，我都建议上桌后立刻品尝，千万不能等。新鲜剖出的内脏煮到刚刚断生的口感是很难有条件复制的，猪肚和大肠有多爽脆自不必多说，连猪肝这种一贯沙沙粉粉的部位，此时也是难得一见的丝滑脆嫩。可惜砂锅保温好，粥水余温高，所有内脏的最佳口感都稍纵即逝，一会儿就又韧又硬不好嚼了。

我猜很多本地人可能并不像我们远道而来的外地食客一样这么在乎内脏口感的分毫差异。他们也许并不纯为吃粥而来，呼朋唤友一起蹲守宵夜，顺便聊聊生活近况，这件事本身就颇具野趣。况且专门开辟一条无论是工作时间还是流程，都和正常供应链几乎并行的路径，多半是因为此地讲究吃也足够爱吃，能支撑这样的细分市场。有凌晨营业卖猪杂粥的城市，想必普通菜市场的猪肉品质也十分优秀，因为大家早就对食材该有的状态达成了共识。

新鲜生猛的内脏拿来煮粥是一种化繁为简，粥底可以包容不同食材的口感，烹饪起来又简单快捷，特别适合半夜苦守的食客。更常用于动物内脏的烹饪手法，一般是炖煮、红烧、酱卤、煲汤，或者在完成这些步骤之后再回锅炒一下，力求口感"软烂"。

像酸辣鸡胗、肝腰合炒、爆炒黄喉、生炒肥肠这类只腌制不预煮的生炒类菜式，更多见于专业餐厅而非家常餐桌。因为生炒内脏的细节实在是太难把握了，无论鸡胗、黄喉、大肠，还是猪腰、猪肝、猪肚，都比鱿鱼要难炒得多。它们各有各的异味，需要以不同的方式处理，或是用淀粉白醋搓洗，或是用清水反复冲洗浸泡。还需要匹配不同的切法，有些可以简单切细丝，有些适合切一定厚度的片，有些最好打个花刀便于迅速受热。不过这些生炒内脏菜的口感指向倒是一致的，就是"脆"。甚至得先讲口感脆嫩再讲调味搭配，毕竟调味再精妙也没法对咬不动的黄喉下筷子。生炒内脏几乎没有大锅菜，小份爆炒才能保证锅里的温度不会下降太快，在猛火的作用下快速炒熟且锁住水分，口感就对了。碗底全是汤汤水水的生炒内脏绝对没法吃，火候是肉眼能看出来的。

内脏要炒得脆，还得足够新鲜，这又回到了食材的原点。新鲜意味着没有过度失水，内脏爆炒的时候看似大张旗鼓，有时候猛火都能蹿出半米高，实则是在小心翼翼地维护着这点代表着新鲜的细节，锁住水分就是锁住新鲜。

4

如果进货的内脏不够新鲜或者师傅的手艺不够稳定，怎么办呢？那就只能上点"科技"了。有用小苏打的，也有用脆弹素（复合磷酸盐）的。后者的原理是让蛋白质包裹更多的水分，以填满蛋白质的空隙，吃口更脆弹。"脆"一直代表着更难得的口感追求，否则大可不必这么费心思。但这种规训食材的手段，看似尊重它的最佳状态，其实是偷天换日的重新定义。用多了添加剂的那种脆弹口感，像容易打飞的乒乓球，没有回旋余地。除了脆感受不到其他，少了一种自由舒展的野性。

社会发达程度和食物新鲜程度的矛盾无处不在，现在能接触到的新鲜食物大多是保质时效内的新鲜，而非它的应有状态。

电商和超市的产品越来越丰富，其实增加的多半是同类工厂流水线生产的不同口味的加工食品。摆放新鲜蔬果的货架只是比菜市场显得更规整干净，更别提冷冻柜的进口肉类和海鲜，它们的生产日期是一片雾蒙蒙的模糊定格。标识着"日日鲜"的猪肉会好一些，却也无一例外提前经过冷却排酸，毕竟卖"日日鲜"猪肉的城市里也许连活鸡都见不到，"鲜"以日计而非分秒必争。这已经是一种依托于仓储物流的妥协，距离猪肉爽脆弹牙的口感太过遥远。

预制菜的锡纸包装更将口感的一切可能性全部抹杀。红烧肉和土豆烧牛腩的预制菜还好说，延长烹饪时间以求软烂本来也是一种诉求，工厂流水线可以完成得更好。但现在连芹菜黄瓜都是软的，预制的越多，鲜活的越少，稳定和统一取代了多样，在口感上更难有惊喜和期待。

在现在的餐饮环境下，口感的界限已经越来越模糊，以致难以辨别。从前说"食无定味，适口者珍"，对味道的偏好不一样是被认可的，而且和口感比起来，一道菜如何调味也被更认真地对待。我想说适口者"野"。"野"无定式，大自然已经塑造了食物的不同口感和姿态，我们和食物可以自由地双向选择。"野"却有代沟，我们用一代代的干预和规训，看似约束了食物，最终却将失去对食物的经验和偏好。

原文首发于 Tezo 品牌杂志《22》第 3 期

第二章

食人间

用食物重铸关系

菜市场的关系户

1

小时候从家里步行到菜市场只要五分钟，家里很少囤菜，甚至很少提前规划下一顿吃什么。爸妈每天下班后去菜市场随意溜达一下，自然有热情的摊贩推销时令蔬菜。随意逛几家摊位，心中自有比较，今天的家常菜单就在挑挑拣拣中决定了。各家摊贩抬头不见低头见，很少担心买回来的菜货不对板。哪怕姜蒜已经下锅了，发现买的肉不新鲜，爸妈也会愤而关火，马上回菜市场退货。

这是真正的"社区菜市场"，是下班回家的必经之路，也一部分替代了家里的冰箱和储藏室功能。在食物的运输方式还没那么多样化的年代，这样的菜市场几乎是附近所有居民餐桌上食物的共同来处。

这种社区菜市场的摊位一般分两类。一类是固定摊位，长租给二手摊贩，他们每天早早地从批发市场进货，卖个时令和规整。把进货的菜整理好，就一边招徕客人，一边手脚麻利地提供预处理服务，又是杀鱼、切肉，又是刨芋头、剥豆角、切土豆，给上班族省了不少事。摊贩们的刀工大都整齐细腻，值得托付。切得粗细均匀的土豆丝泡在水里防氧化，也泡掉了多余的淀粉，称上一块钱，回家就是一盘清炒土豆丝。只是天热时久泡的芋头和土豆容易发酸，有经验的顾客会要求摊主现削现切，正好溜达一圈买齐姜蒜菜肉，回头拿上就走。

另一类是临时摊位，附近农民自家种的蔬菜有收成了，就早早过来抢占摊位奋力吆喝。这些蔬菜尺寸各异，还经常有很多坑坑洼洼的虫眼，价格也会比固定摊位的贵一点，但胜在味道浓郁，我爸妈都喜欢逛这种临时摊位。在临时摊位挑菜全凭眼力，捡到宝和看走眼的机会七三开。有次我放学回家，见到妈妈和邻居们围作一堆，正激烈讨伐不认识的摊贩。这次买的韭菜外表看起来鲜嫩，回家拆开准备洗洗下锅，才发现里面夹了一堆短茬野草，想退货的时候早就找不到人了。

从前社区菜市场的食材种类多半基于本地，不像现在，能在家乡的菜市场同时买到沿海的鲜鱼和西南的野生菌。在我长大成人的十多年里，每次经过菜市场看到的都是那些菜、肉和鱼，再日常不过，少了很多让人跃跃欲试的新奇食材，却有一份年复一年的安稳。长大之后，我无数次听到朋友们感慨和羡慕长辈买起菜来似乎格外轻松，他们能迅速分辨食材好坏、合理还价，也能毫无心理负担地据理力争退换货，仿佛是与生俱来的技能。实则都是在日常的安稳中自然感受了食物的流转，才能做到心中有数。我也总是庆幸自己在这样的年代里长大，早早地跟着爸妈把这些食材认了个遍，现在恐怕是没有从头开始的耐心。

2

请熟悉的摊主预留想要的食材和部位，几

乎是每个菜市场都默认存在的规则。没办法，有些东西就是抢手，梅花肉、小里脊、纹路漂亮的牛腱子，以及宰杀一条条活鱼之后好不容易攒起的新鲜鱼杂……半只大白猪切分出来的肉，每下一刀都有数。不像现在的商超，从中央屠宰厂进货，受欢迎的肋排和五花肉能码半墙。所以越老的社区菜市场，预留食材的竞争就越激烈，这也是买卖双方博弈的一部分。

但要说是谁在摊位上买得多就给谁预留，好像也不全是这样。社区菜市场的关系并不完全基于金钱或权力，通常是聊得开心了，或是觉得双方对食材的偏好对了胃口，预留的可能性会更高一些。预留规则完全不客观，这也让不熟悉菜市场生态的人捉摸不透。

我回忆小时候妈妈去菜市场买菜使出的各种杀招，"示弱法"和"激将法"最好用。她想请摊主预留一只猪只有一条的矜贵小里脊时，会谎称是家里的女儿挑食，只吃这口最嫩的肉。虽然买回来的肉确实是我吃得多，但莫名其妙就背上了一口黑锅。拳拳爱子之心，人人都能理解，以后想买猪前腿了也还是可以拿女儿当幌子——"孩子的口味实在是变得太快了！""激将法"就更简单啦，只要不着痕迹地夸夸隔壁摊位，很容易达到目的。与其说菜市场的摊主们争强好胜，不如说是他们对自己的食材有信心，货比货也没在怕的。

日常和菜市场摊主聊天，更是一种润物细无声的亲近。以前没有网络，也没有那么多菜谱，除了亲朋邻居的口口相传，菜市场摊主也是一个很重要的学菜途径。我猜倒不一定是摊主们更喜欢做菜，只是出于要把菜快快卖掉的目的，他们会下意识地搜集这些信息，再告知自己的客户。所以和摊主们交换信息，是社区菜市场里很重要的一部分日常。什么菜便宜又当季，怎么烧更好吃，他们说的一般都不会错。食材上叠加了一层层的人情，关系就处得越来越密实了。

3

根据我四处逛菜市场的经验，城市的行政级别越低，菜市场就越野性喧嚣，城市的行政级别越高，菜市场就越静默。不讨价还价，不叫卖质疑，甚至都很少插队，边界感逐步垒高，人情也就淡薄了。定居北京之后，我觉得自己和菜市场的联系正在一寸一寸慢慢断掉。北京太大，离家最近的菜市场也得开车十分钟才能到，更别提这菜市场每家摊位卖的食材都一模一样。面对最常见不过的胡萝卜、包菜和土豆，好像也确实没什么和摊主攀谈的必要。

北京气候干燥，几乎每次去菜市场都能见到摊主们往蔬菜上喷水。我一开始按老家的经验买菜，会特地挑选更水灵一点的绿叶菜，像甩雨伞一样甩甩水分，再请摊主称重。后来发现有些菜被反复喷水太多次，拎回家反而烂得特别快。摊主们用心照看蔬菜的卖相，能顺利卖出去最紧要，顾不上客人买回家什么时候能吃完。而如果请北京的摊主们帮忙杀鱼切肉，会发现他们总是粗糙地处理个大概，就着急打包收钱。想和摊主说我每次都在你们家买，帮我把鱼肚子里的黑膜去去干净，鱼杂留下来，但人情牌根本不起作用。往往在我认准了摊主之后，他还不记得我是熟客。

不过北京的菜市场也有好处，作为最大的

移民城市之一，截然不同的饮食习惯在投射到菜市场之后被稀释了。有些在老家受欢迎的食材是本地化的，因为社区菜市场的客人们饮食偏好类似以致抢手，在北京反而能轻松买到。从这个角度来看，在北京倒是更容易吃到自己想吃的。

这两年我特别迷恋一个叫"猪板筋"的部位，这个猪里脊旁边剔下来的筋膜通常被用来炒辣椒或者涮火锅。猛火快炒凸显不了它的优势，炒久一点或者煮个五分钟以上，口感会变得软糯粘嘴，但又比猪蹄鸡爪的胶质来得细腻，特别好吃！我请熟悉的猪肉摊主帮我剔下这层白色筋膜，她高兴得不得了，往常猪板筋都和大里脊绑定在一起，客人嫌弃这个部位和里脊的口感不一致，买回家还得自己剔下来扔掉，没想到还能单独卖钱。接下来再请她帮忙剔除猪板筋两侧的肥油和瘦肉，她也愉快地照办。靠着猪板筋建立的更深的交情，我买过全是软骨的猪肋排，也能指定一块纹路最好看的前腿梅花肉。我再次变成了菜市场摊位的资深"关系户"，久违地又感觉到有人托底了，真好。

但重新建立一段菜市场关系有多难，已经

不用我再多形容。并不是菜市场在驱逐年轻人，而是人和人之间建立信任本就不易。我从前也以为只要敢开口就行，现在却觉得这是天时地利与人和的结果，哪怕想和父母辈一样冲着当菜市场的关系户而努力，也得在繁忙的工作之余还有精力冲破关于距离、食材和烹饪频次的重重阻碍。归根究底，社区菜市场是浓缩的人情社会，而在外漂泊的打工人，无论是对菜市场的情感还是对下厨本身，都慢慢变成了一种求而不得。

4

年轻人逐步习惯了网购买菜，快到家的时候用手机下单，掐准时间，晚餐要用的食材能和人一起进家门。使用本地生鲜电商平台和异地快递购物的频次可能比逛菜市场还要高，回家前不用特地绕路去菜市场，"菜市场"在手机上早就不知不觉地延展开来，无缝接入了两点一线的生活。

对于既擅长网购，去菜市场又不大方便的

我来说，日常使用生鲜电商平台，从时间成本上考量当然是便利的。但从小习惯看着爸妈在菜市场挑挑拣拣，现在买完东西之后总难免在心里挑剔：这块前腿肉的纹路不好，炒完口感果然差点意思；这把芹菜的叶子都黄了，是将就着用还是干脆就不放了；这根白萝卜实在太大，明天还得再做个菜消耗它。从前学会的菜市场实用技能突然变成了屠龙之技，下单前毫无发挥余地，只能在下完单之后再给自己找点不痛快。

在社区菜市场买菜，总能在一个菜市场里找齐做一道菜的所有食材，有些摊主甚至会帮忙搭配好。这种搭配当然也会因为饮食习惯的差异而有所不同，湖南的牛肉摊位可能会搭着送点芹菜或香菜，温州的牛肉摊位则永远有韭菜和豆芽。买菜的时候除了观察主食材品质是否足够好，老板们送配料大不大方，也是购物决策的重要一环。食材搭配的习惯在一次次逛菜市场中固化，宛如一种前世的因果。

生鲜电商平台不只打破了人与人之间的关系，也打破了食材和食材之间的关系。下单前需要自己仔细想好，有哪些配料需要买齐，分别买多少才合适。很多作为配料的蔬菜默认包装也有 300 克以上，有时候实在不想为了消耗配料再多吃一顿，索性把这个配料给省了算了。这样的下单方式有可能让人更疲惫，甚至要提前想好未来几天的菜单，做饭之前的思考和规划比做饭本身要累得多。

新冠疫情三年，轮到我教妈妈买菜，不方便出门，得学会加入小区团购。看到妈妈从微信上转发的团购信息，原产内蒙古的牛肉在指定时间送到小区楼下，三到五斤一份，不分部位，按份自取。习惯了当天买菜当天消耗的妈妈非常疑惑，为什么肉还能不分部位卖？这么多肉得多久才能吃完呢？在问过我应该如何烹饪这一大包肉之后，妈妈决定把它们作为储备物资冷冻起来，原产地那种炖一大锅肉吃上一天的吃法，完全不合她的口味。我这才意识到网购买菜对于长辈是怎样一种冲击，骤然来到的食物失去了可以被试探的触角，是不熟悉的，也是不得已接受的。这一大包肉大概率会在某次家庭聚会中被烹饪上桌，不会浪费，却也不会觉得好吃。

不过生鲜电商平台的好处是退货很方便，谁也不想浪费时间跟人吵架，拍照上传就能完成的退货流程令人舒适自如。这种距离感和大城市的人际关系如出一辙，其实我是喜欢的。我既想享受平台的便利，又厌恶食材的不可挑选，既喜欢菜市场的生活气息，却又只想体会菜市场关系里温暖的那一面，人嘛，总是想什么好处都占上。

5

前阵子回家，又和妈妈去逛菜市场。我们家的老房子拆迁后在原地起了高楼，家还在老位置，老邻居们也大都还住在一处。只是小区周边的设施早已重新规划，离家只需步行五分钟的菜市场多年前就被拆了，原先的位置建了商场和超市。倒是也有新的菜市场，但要小一些，也远一些，和小区隔着宽阔的马路，不再属于社区。

妈妈和邻居们一样，会按自己习惯的采购时间去超市买菜，早起可以买到超市打折的鸡蛋，晚餐前也可以捡漏买到品相还不错的蔬菜。令我惊讶的是，超市肉摊的销售小哥居然像从前的菜市场摊主一样，可以预留想要的猪肉部位。而蔬菜区域的折扣也是可以商量的，如果表达对价格的不满意，称重的阿姨甚至会搭上点葱姜蒜当赠品。这和我印象中有什么买什么的超市完全不同，足够深厚的人情关系竟然可以超越商业规则，是我完全没有意料到的。

我嫌马路对面的菜市场食材太少，逛不出什么趣味，妈妈就带我坐五站公交去她新近发现的蔬菜批发市场。因为没有在家吃饭的打算，我们常常从批发市场的这一头逛到那一头，但什么也不买，只看看现在什么蔬菜应季，其他人又买了些什么。批发市场人声鼎沸，比菜市场还要喧闹。我加了一家豆腐摊摊主的微信，他们家的豆腐品种多，品质还特别好，油豆腐用土茶油炸得金黄，豆腐芯极其疏松，一看就能吸很多汤汁！回到北京我还老能想起来，有一次我在微信上请摊主给我快递两斤喷喷香的油豆腐，她说："你妈妈早上已经来给你买过啦！"

味道的传承

1

每每回想起小时候学做菜的经历，我经常开玩笑说，那是因为妈妈在厨房忙活的时候不乐意我在客厅悠闲安逸地看电视，一定要想方设法给我派点厨房的活儿，我这才耳濡目染学会了做菜。

我爸上班的单位离家比较远，在厨房忙碌的多是妈妈。她在厨房的每一帧画面都像电影分镜，哪怕印象再模糊，也记得那些厨房操作的节奏和韵律。二十世纪九十年代的双职工家庭，工作不比如今的上班族繁忙，但无法依赖餐厅和外卖，一日三餐，餐餐自理，还不能耽误一家人上班上学，厨房的统筹规划得十分紧凑。

夏天先做汤菜，煮汤的时候正好切配下道菜的食材，煮好的汤先上桌晾凉方便喝。冬天多做蒸煮，排骨抓上盐、酱油、豆豉和干辣椒面，高压锅蒸好之后暂时不揭盖，等其他小炒一起上桌吃口热气。记忆中更多的画面是左边灶台锅里的汤汁正要收浓，右边砧板上还在切前一秒刚洗净甩干的小葱，我和妈妈一起在厨房眼观六路耳听八方，她切菜的时候我就会去锅里搅拌几下。

我从未畏惧过厨房，在我成为一个写菜谱的人之后，才意识到这是因为妈妈从未让我觉得厨房是令人生畏的。她通常会非常自然地给我指派一些厨房任务，比如剥几瓣蒜、洗一盆青菜。如果洗的是空心菜，会自然聊起最近有人吃空心菜农药中毒的新闻，这盆菜不妨再多泡一泡。炸鸡腿的油温已经变高了，我还在往锅里张望，妈妈就在鸡腿下锅前提醒我往后站站，但并不赶我出去。哪怕后来我第一次独立使用高压锅煮绿豆时忘记加水，又曾经在切辣椒的时候刀口一滑，给左手食指留了半厘米深的伤口，这些事故也都在我妈的安抚下轻轻滑过，当时很痛，但没怎么留下心理阴影。

厨房的操作琐碎而具体，妈妈并没有以"危险"二字简单覆盖并以此拒绝我的好奇，至今我都十分感激。我猜是因为她从小操持家务，又在特殊的年代里当过知青，并不觉得厨房劳动是可以被跳过的人生体验，与其成年之后两眼一抹黑，不如及早适应。一代人有一代人的生活主题，这些经验和预期，如今已经无法复制。

2

我做菜是妈妈教的，妈妈教会了我做菜。

如果理性拆解做菜这件事，选材、刀工、技法、调味和搭配，每一项都值得有条理地展开阐述。不过小时候做得最多的都是削皮剥蒜这种小事。小孩子不大会用刀，给大蒜剥皮之前也不懂先拍一下，每次剥完都觉得大拇指的指甲生疼，但觉得自己帮妈妈干了很重要的活儿，倒不觉得自己是在学做菜。

妈妈处理食材非常细致。小葱在切葱花或葱段之前使劲甩掉水分，避免粘刀，切出来的葱花也不容易糊成一团。青蒜选紫根的，切之前像拍黄瓜一样拍一下蒜白，她说所有的香料食材都可以痛快拍上几刀再切，香味要明显得多。平时用香菜入菜只需梗和叶子，但会把香菜根攒到塑料袋里。攒上三四天就能有一小把，用铁勺刮掉根须，洗干净加调料凉拌，又是一道爽口小菜。西芹根部往后掰一下撕掉老筋，有时候还会用削皮刀在西芹茎上刮几下，以求炒出来的西芹纤维更少，更脆口。

即使午饭的时间已经有些赶了，西芹的筋也还是要撕，这些操作对很少做饭的人来说可谓苛求，对常做饭的人却是绕不开的惯性。我很难解释这些细节在厨房的行云流水中是一种怎样的存在，经常在妈妈统筹和担忧所有菜能不能一起上桌的时候，我仍然在不紧不慢地撕西芹。家常菜的调味和搭配大多简单，想要稍微好吃那么一点，细致地处理原材料就很有必要。它看起来是个基本功，熟练的人能干得快一些，但总归是整个下厨过程中最费时间的一步。

我拖拖拉拉地磨洋工，妈妈也从未把我赶出厨房。她并不试图自己大包大揽厨房的这一切，却也没有给我太多压力，如果小时候让我觉得因为自己做得不好而被排除在厨房门外，不知道还有什么契机能让我再转身踏入。慢慢剥、慢慢削、慢慢切，这些处理食材的习惯，由出生后经过油烟熏陶而重新谱写的基因造就，我在厨房里变得越来越利索，也越来越像妈妈。

3

妈妈做的菜，毫无疑问就是"妈妈的味道"。在很长一段时间里，我都觉得这个说法带有一些玄学意味，总是听到朋友们说妈妈做的这道菜比餐厅的要好吃，可到底好吃在哪里，却没人能掰开揉碎了解释清楚。每家的家常菜风格大不相同，情怀当然是可以理解的一部分因素，但我总觉得应该有些东西是我没抓住的。

想起来小时候妈妈常做红烧豆腐和芹菜炒香干，红烧豆腐用嫩嫩的水豆腐切成厚片，油热之后从锅边滑入，两面都轻煎一下，然后加煸过的五花肉、盐和土酱油烧入味，出锅之前撒一把韭菜段。芹菜炒香干就更简单了，芹菜切段，香干切片，稍微加一点蒜片、肉丝和酱油快炒，就是一道快手小菜。有段时间这两道菜的味道突然不一样了，具体地说是比以前更鲜。要知道在没有网络菜谱的年代，一道菜经常一做就是几十年，这也是"妈妈的味道"让人记忆深刻的原因。我在厨房偷偷观察，发现更好吃的秘诀是用上了新调料——蚝油。蚝油的鲜味确实很搭豆制品，这个搭配被我牢记于心，也是我最早学会的家常菜小窍门。

我长身体的时候饭量大，又嫌白米饭没味道，疯狂迷恋油汤拌饭。家里做饭不比餐厅，油盐酱油都给得克制，每天都觉得家里的菜好好吃，可惜碗底的油汤太少了，米饭总吃不够。我喜欢吃干锅花菜，妈妈会耐心地把花菜切成厚片用中火炒透，再炒香一点蒜末辣椒，拨入几片煸过的五花肉。盐和老抽当然必不可少，关键得在出锅前少少地加一点水，大火烧开之后马上出锅。花菜不易熟，很多人会加点水半炒半煮，但我妈觉得慢火炒透的口感更好。出锅前加的水是整道菜的精髓，融合了料头、酱油和肉香，还有很多焦香入味的花菜碎，这样的油汤拌饭确实一绝。

现在想来，在信息和物资同步匮乏的年代里，爸妈们学做菜的渠道无非是长辈、邻居、同事和菜市场摊主，他们面对面地闲聊家长里短，偶尔也会聊起做菜。家常的味道是这个地区的共同记忆，菜式相近，却又百家百味。可能是我先入为主地喜欢上了妈妈做的菜，也有可能是妈妈根据我的喜好调整了菜的口味，"妈妈的味道"是这样的润物细无声，慢慢滋养了我，又像一枚家族徽章一样让家人得以分辨彼此。

4

家常菜和餐厅出品是两套截然不同的体系，却常常被拿来比较。我们夸朋友做的饭好吃，会说："你可以去开餐厅了！"而如果夸餐厅的饭菜令人熨帖，会说这有点像家里的味道。这种错位的评价乍一看非常矛盾，却又奇异地令人信服。餐厅出品技巧先行，当然会比家常菜的难度要高。但掌握了这些技巧之后，如何合理利用并让人久吃不腻，才是真正的大巧不工。

爸妈们做的家常菜，无论选材还是技巧，

都和餐厅出品有壁垒。餐厅有不同于家常餐桌的进货渠道，师傅们的技术好，食材处理精细，火候也特别到位。所以下馆子在二十多年前算是家里的大事，不仅因为花费不菲，而且确实能吃到日常吃不到的东西。

印象中小时候家里很少蒸鱼，看似很简单的家常菜，经常要么没熟透，要么蒸老了，鱼肉也不够入味。调整了几次都不得要领，只能悻悻地算了。按说清蒸应该是很容易操作的烹饪方式，而且蒸排骨、蒸芋头、蒸香肠都不在话下，怎么蒸鱼就这么难？这个疑问直到我长大之后才在网上得到答案（真是名副其实的"家里通网了"之后），原因是家里的小蒸锅蒸汽不够，应付不了需要短时间快速蒸透的大鱼。

时至今日我仍然对餐厅里的蒸鱼和蒸海鲜抱有敬畏之心，去江浙、广东的沿海城市旅行时，也总会任性地在餐厅里点上好几种特色水产。然后在所有的烹饪方法里，小心地选一种最匹配食材的蒸法，油盐蒸、雪菜蒸、陈皮姜丝蒸，或者蒸完之后泼个葱油。把这些蒸鱼的照片发到社交网络上，经常会收到当地人"我们一般都不会在外面点这个"的评论回复。言下之意是自己买点好食材在家做，可划算太多了。但只有我自己知道，那一瞬间的火候差异曾经是我无法抵达的世界，所以忍不住总想去接近。

至于清炒土豆丝、蒜蓉空心菜这样的家常菜，无论餐厅做得再好，想点菜的时候也会被爸妈用眼神制止。其实餐厅里的清炒土豆丝的刀工更均匀，蒜蓉空心菜脆中带滑，是好吃的。但无论好坏，家里能做的菜都不值得在外面吃。所以蒸鱼的评判标准在我们家是可以随时被颠覆或改进的，永远有可能吃到更好吃的蒸鱼，而土豆丝则年复一年地固化，最习惯的还是家里的味道。

5

在"家里通网了"的那个暑假，我自认为掌握了了不起的蒸鱼秘笈，翻出来一口闲置的大锅，自告奋勇要负责蒸鱼。至于口味么，挑了个没在餐桌出现过的"陈皮蒸鱼"，务求惊艳全家。我甚至根本不知道陈皮是什么东西，想当然地在楼下小卖部买了一包"九制陈皮"，有模有样地撕碎了撒在鱼身上。那条鱼的火候如何已经不得而知，只记得我爸一边勉强下筷子，一边劝我不要乱玩零食，下次想吃蒸鱼了咱们还是下馆子吧……

爸妈没做过的除了陈皮蒸鱼，还有很多不属于本地的家常菜，以及五分熟的煎牛排。网络打开了一个很大的世界，食物只是其中的小小一角，可以满足对食物的好奇，也可以让人越来越好奇。在很多不下厨的时候，我在网上搜索菜谱，菜谱步骤里青菜下锅的那一瞬间，嗞啦的声音会在脑子里响起，像是厨房里的"无实物表演"。

我一度觉得网上的菜谱比妈妈教我的要简单得多，标示着五分钟可以完成的快手菜谱比比皆是，也并不会像妈妈一样要求我仔仔细细撕芹菜。短视频年代愈发如此，那似乎是另一个平行世界的烹饪活动，所有的步骤都可以浓缩在几分钟内完成。下厨的琐碎被掐头去尾之后，原本舒缓的节奏为了让人不觉沉闷，只能以快取胜。与其说这是学做菜，不如说是学习一些生存的本能，无论手机屏幕内外，大家都有一种早点从厨房离开的默契，巴不得越早结束下厨的过程越好。

独立生活之后的我慢慢有了自己的交友圈子，同龄人聚餐或者在社交网络上讨论食物的时候，会突然在某一个瞬间里觉得妈妈教的菜一点都不酷。在家里吃的炒鸡蛋大多油大且炒得老，香是很香，但比不上加了黄油的滑蛋在上桌的瞬间会微微晃动得有趣。

我也试着给爸妈做过一些四处学来的新菜，用上一些新奇的异域香料，比如加了九层塔的三杯鸡，用香茅和柠檬叶打底的冬阴功汤。他们表示三杯鸡还可以接受，味道也挺不错的，但是冬阴功汤里的香茅和柠檬叶的味道太像洗洁精了。不过如果是湖南人常吃的紫苏，哪怕他们平时只会用紫苏来煮河鲜，也可以容忍我用紫苏做各种稀奇古怪的搭配。食物是有代际差异的，离家近二十年，妈妈的味道在我身上不知不觉地慢慢递减。

6

因为不厌烦剥蒜，不畏惧油锅，也理解家

人的口味偏好并且可以精准击中，我一直很喜欢做菜。在过去的十多年里，我日复一日在互联网上发布自己的菜谱，从小时候常吃的豆角炒茄子写到潮汕风格的沙茶酱焗鸡块，做饭给我带来了多重的正反馈。爸妈虽然不理解太过家常的菜谱有什么撰写的必要，也根本不知道沙茶酱是什么，但他们仍然把我写的每篇菜谱都转发到朋友圈，支持我的胡乱创作，一如支持小时候的那道陈皮蒸鱼。

我从来不敢问爸妈是否照我的菜谱做过菜，他们本来就是会做菜的人，心中早已自成体系。什么菜之前要放姜蒜，现在女儿说不放更好，不同食材的下锅顺序又该如何调整，我爸妈虽不固执，但这不意味着习惯能被轻易改变。我写过的菜谱，他们尝过的屈指可数，爸妈来北京或者我回老家的日子里，我们也相互恪守"谁的厨房谁做主"的原则，很少踏入对方的厨房。食物让我和社交网络上的很多陌生人产生了连接，却在理应最紧密的关系里摇摇欲坠。在做菜这件事上，我挑战了他们的习惯和权威，也就挑战了过去，成了一个独立的我。

在食物这个命题上，我重新理解了何为"代沟"。两代人难以相互理解的，不仅有食材将坏未坏却舍不得扔的心情，未经食品工业体系批量生产的原汁原味，还有截然不同的生活背景下对搭配、对调味的偏好，以及无法一一详述的关于烹饪和生活的节奏。我并不觉得太过遗憾，我妈妈有时会提起，她的老同学老同事实践了我的菜谱，觉得味道很不错，我想她这些时刻必定很自豪。

最近请妈妈给我快递家乡的小香芹，她提起想要多摄取一些粗纤维丰富的蔬菜，又苦于芹菜太容易塞牙。我教了她一个"清炒香芹"的做法：多摘掉一些香芹叶子，如果梗部比较粗就纵向稍微切两刀，让所有的香芹尽量粗细一致之后再切段。切的香芹段不能比大拇指长，否则容易卡嗓子。炒锅里烧热猪油之后先放盐，炒香一点蒜末，香芹段入锅前尽可能沥干水，甩得越干越好，大火炒半分钟马上出锅，一定不能炒到软塌，看起来半生不熟的感觉就对了。这样做出来的清炒香芹是脆生生的，一口咬下去还有汁水。她试了一下，果然很喜欢。

不爱吃的可以不吃

1

我从小就不爱吃猪腰和猪肝，猪肝的质感有点粉，咬下去的触感很奇怪，猪腰更不必多说，做得不好容易有股臊气，试过几次之后仍然无法接受。可能因为我明确描述了自己为什么不喜欢，爸妈似乎从未责备我的挑剔是"挑食"，也主动减少了购买频次。爸妈是爱吃爆炒腰花的，但这俩食材后来很少出现在我家的餐桌上。成年之后我才意识到这件事有多难得，为了一家人吃得热闹开心，"不爱吃就可以不吃"如此自然而然地在餐桌上发生了。

回想起来，小时候的我比现在挑食得多，而且挑食的理由五花八门。葱姜蒜的味道刺鼻，但做饭又不可能一点都不放，我就耐心地把盛到碗里的葱姜蒜细细挑掉，饭桌上只有我的面前永远有一个小碟子盛满各种形态的葱姜蒜。小孩子对气味敏感，连带茼蒿、藜蒿、芹菜这些有特殊气味的蔬菜也接受无能，一并敬而远之。鱼就更不必说了，挑鱼刺实在太麻烦，哪怕湖南的鱼再鲜甜，做法再丰富，端上桌也不愿意动筷子。白煮蛋的蛋黄噎嗓子，早餐的包子馅太油腻，挂面不小心煮过了一点在碗里逐渐结块……只要不算无理取闹，不爱吃的都可以不吃。

伯伯家的堂哥就没我这么幸运，他出了名的不爱吃青菜，是大家庭里的反面教材，每次伯母抱怨孩子难养，都要用手指头点他的太阳穴。而我除了不爱吃的食物，其他的饭菜都吃得很香，伯母有一次甚至专程请爸妈带我上他们家吃饭，希望我可以在堂哥面前扮演一个爱吃饭的乖小孩。但那次的"表演"极其失败，伯母炒油麦菜之前没有切成长短合适的段，一根油麦菜卡在我的嗓子眼里不上不下，咳了半天才吐出来。

不爱吃的原因可能是食材不对，也可能是

火候有问题，只是小孩子经常还没得到坦然描述对食物喜恶的机会，就被指责挑食乃至浪费粮食了。有时候刚刚做完饭的爸妈还在擦汗，此时对餐桌上的菜指指点点，也多少有些罔顾长辈们在厨房的辛苦劳动。现在社交网络上关于饭菜的讨论也经常因为这样的前提吵起来，付出了大量劳动还要被抱怨不好吃，吃饭的人当然站着说话不腰疼，做饭的人是会伤心的。

所以我很喜欢我们家的餐桌氛围，好吃的菜我要抢着承包碗底，不好吃的菜可以平等交流到底为什么。对饭菜的讨论没有道德压力，爸妈更不会因为客观存在的食物状态而责备我，这让我一直觉得吃饭是件快乐的事情。

2

长大之后吃饭的场合变得复杂，多数时候为了不扫兴，桌上的饭菜我都夸好吃，当然也说自己没什么忌口。事实上能吃的食材确实比小时候多了不少，尤其在离家越来越久之后，我后知后觉地发现小时候因为懒得挑刺就很少吃鱼的自己是个傻子，现在找遍北京，也很难吃到那么多种鲜甜嫩滑的河鱼。只是猪肝和猪腰我仍然不爱吃，理由和小时候一样，猪肝质地粉，猪腰容易臊，无法接受的理由不会因为时间发生改变。

好在我结交了不少同样爱吃的朋友，同行觅食的时候各有所好又互相包容。每次在不同的城市探店和点菜，哪怕同行的人中只有一个人想吃，也果断点单，我就这么尝到了很多舒适区以外的食材和菜式。和熟悉的朋友吃饭，忌口反而变成了一种谈资。

我们在川渝黔湘不同的家常菜餐厅里都会点一份爆炒腰花或肝腰合炒，吃得多了，就可以轻易分辨出食材的新鲜度，以及是否需要用更重的调料来遮盖异味。还有特别爱吃猪肝和猪腰的广东朋友，把我带到专做猪腰的小店，门面破败不起眼，但切成大片的腰子肥厚无异味，甚至保留了腰臊的白筋一并下锅。嗅觉比味觉先一步试探，闻起来没有任何不适，也就可以小心翼翼地尝一尝，确实爽脆美味。在那一瞬间猪腰在我心里不再是绝对的忌口，而只有做得好与不好的差别。

对食物的忌口是一种标尺，它能准确瞄准一个人对气味、对口感、对调味的敏感点。除非过敏或者厌恶食材的形态，大部分时候确实可以在不同的菜系和菜式里找到自己可以接受的食物的样子。我常常觉得，如果能确凿描述出对食物的好恶，本身也是了解和爱护自己的一环。不必勉强吃自己不爱吃的，只要保持对食物未知状态的追寻就很好。

发现忌口可以被改变之后，除了更能理解自己，我也经常想把这份爱护投射到朋友身上。不爱吃的当然可以不吃，不过有机会也不妨试试。

我有朋友不喜欢吃冬瓜，家里烧菜用酱油把冬瓜烧一烧就上桌，她觉得这样的冬瓜平淡无味，和吃酱油本身差不多。其实冬瓜是吸收鲜味的绝佳介质，搭配肉类、干货，尤其是虾蟹类的海鲜食材，也清淡，也鲜美，反而比看似浓郁的酱油红烧冬瓜更有味道。酱油红烧冬瓜主要是吃口感，海鲜配冬瓜在风味上更能彼此衬托。我把梭子蟹蒸熟后拆出丝状的蟹肉，和冬瓜烩在一起，简单勾个芡，调料只用盐和白胡椒粉。她用勺子扛着吃，没几分钟就见了碗底。

还有朋友来我家吃饭，我照着平时习惯的做法，把八角、桂皮、香叶、花椒粒、干辣椒和拍碎的带皮蒜瓣各取一点，加盐煮上五到十分钟，先让清水变成香料盐水，再用香料盐水煮剪掉头尾的带壳毛豆。掐准十分钟关火，让毛豆持续浸泡一两个小时入味，最后再捞出来沥干，碾上点现磨的黑胡椒。菜上了桌我才知道朋友平时不爱吃毛豆，但这盘他吃了不少，原来平时他们家的毛豆煮得比较软，掐准时间煮熟的毛豆保留了脆度，是他喜欢的口感。

3

偶尔改变食材搭配和烹饪方式之后，可能会出现这样的高光时刻。只是烹饪习惯很难被改变，如果日常餐桌上还是熟悉的红烧冬瓜，不爱吃就是不爱吃。人和人相处得不舒服了，在感情还没完全破裂之前，多半还是会有意识地找找问题修复一番。但人和食物的地位天然不对等，人在食物面前拥有绝对的选择权，食物又没法自白，所以人和食物相处得不舒服的时候，倒是容易形成僵局。

丝瓜是我最喜欢的蔬菜之一，却常有北方朋友觉得丝瓜的土腥味重到无法下咽。第一次听说这个评价的时候我大为震惊，我嘴里的丝瓜几乎就是浓缩的山间小溪，而朋友们却从丝瓜里吃出了湍急河流的河床味，怎么回事？直到我自己也偶然尝到了北方的丝瓜，不但不甜，还根本不出水，分不清自己是炒了一锅蔬菜还是炒了一锅土，这一刻我理解了什么是"淮北为枳"。

这之后的每年初夏，在家乡的白丝瓜刚刚上市的时候，我都会特意快递几份给曾经对丝瓜能吃出清甜表示过好奇的北方朋友，特别叮嘱这种丝瓜用猪油加点蒜末清炒就行，不用加水，以免冲淡了丝瓜本身的甜度和多糖物质形成的自然黏稠感。如我所料，小小两条丝瓜给朋友们带来了极大的颠覆体验，几乎每个人都对我感慨，原来丝瓜可以这么甜。但这种丝瓜在北方市场上很难买到，没有和清甜的第一口缘分以及随之而来的心心念念，很难说服自己付出网购的时间精力，就为日常吃一碗清甜的白丝瓜。

不爱吃某种食物有很多原因，可能因为过敏，因为不喜欢它的气味或口感，因为吃得太频繁而厌倦，因为联想到不好的场景和经历……尝试食物的触角伸出之后，很容易受到惊吓就骤然缩回。要想试探的触角继续自然延伸，除非这个氛围是让它舒服的。

除了猪腰、猪肝和河鱼，我小时候也吃不了肥肉和辣椒。妈妈不吃肥肉，做菜的调味也比较温和，这就是我们家餐桌的自然取向。不过妈妈没料到的是，我在每天放学回家的路上都要经过好几家卤味凉菜摊子，摊子上的腐竹、韭菜、豇豆、蒜薹、香干、土豆丝，不管本身是什么颜色，统统被辣椒染成了红色。素菜便宜，一两毛钱就能买一袋，每天和小伙伴换着花样买，握在手心里能吃一路，不是舍不得吃，实在是太辣了。回家再猛灌一杯白开水，希望被辣肿的嘴唇早点恢复正常，好在晚饭前假装一切都没发生过。

吃辣的能力在每天回家的二十分钟路程里被反复捶打，妈妈突然发现我变得能吃辣之后有些不可思议，殊不知吃辣能力是和小伙伴的欢声笑语共存的，辣味零食就约等于我的青少年时光。在我有了自己的厨房和家庭之后，我的调味风格延续了妈妈的温和，似乎又回到了家常的正轨上，很少再那么跳脱地吃过辣。

4

学会吃鱼是在大学，爱上吃鱼是在北京，食物是乡愁，离家越远越具张力。

刚刚定居北京的时候，我还是很少吃鱼，不爱吃就不常做，不常做就说不上擅长。直到有一天半夜突然抓心挠肝地想吃剁椒鱼头，鱼鳃附近全是胶质的"鱼云"最好吃，浸满汤汁颤颤巍巍的，一夹就掉。一整只胖头鱼（鳙鱼）鱼头，我吃鱼云就能吃饱，爸爸会默默地把鱼脖子上的肉打扫干净，最后再往鱼汤里加一碗煮熟的挂面……半夜把自己馋得睡不着，当机立断准备明天就试做一下！

第一次做的剁椒鱼头比预期中的更失败，家里的锅小火小，在菜市场挑了只最小的鱼头也有三斤重。锅里放不下倒是次要的，这条鱼也不知道头尾分离多久了，放再多剁椒也压不住鱼腥味，还是得买张火车票回家吃。

　　和同桌吃饭的一位东北朋友、一位福建朋友聊起自己嘴馋蒸鱼的故事，得到了完全不同的反馈。福建朋友认为河鱼一定会比海鱼腥，而东北朋友因为很少吃到不腥的鱼，认为腥是所有鱼类的自带属性，只有习惯了鱼腥味的人才会精神催眠自己，非要把"腥"界定成"鲜"。我们三个人坐在一张小小的圆桌上吃饭，直径刚刚一米的桌面上挤挤攘攘，鱼盘挨着饭碗，却吃出了一种"三足鼎立"的感觉。

　　忌口的地域差异真的很奇妙，比起东北和福建的两位朋友，只是因为懒得挑刺就声称不爱吃鱼的我显得很任性，且身在福中不知福。福建朋友痛斥河鱼有一种海鱼没有的土腥味，不新鲜的海鱼让人心疼它被捕捞上岸之后没有被好好对待，河鱼却是生存条件不行。越肥的河鱼土腥味越明显，长得一副虚张声势的样子，土腥味已经随着育肥的过程深入鱼肉肌理，姜丝、酱油、陈皮都只能勉强遮盖一二。

东北朋友记忆中所有吃鱼的场景都是从打开冰箱冷冻柜，掏出一块冷冻分装好几个月的鱼块开始。东北不是没有河流湖泊，只是太冷了，很多地方一整个冬天都在零下二三十摄氏度的天气里。菜市场纸箱里一簇一簇的货物，小的就是冰棍，大的就是形态和冰棍完全一致的鲜鱼。室外气温宛如天然冰箱，比家里冰箱的冷冻柜温度还要低，刚出水的活鱼都能瞬间结冰，确实更有利于长期保存食物。所以这种鱼已经算非常鲜了，只是"鲜"和"活"联系不到一起。冷冻保存的鱼鲜味流失太快，一般用酱油"垮炖"（一种类似红烧的做法）来久炖入味。和鱼肉同炖的粉条算是沾了汤汁的光，很有滋味，鱼本身的鲜味还是略欠一些。反复加热的垮炖鱼块更是朋友从小的噩梦，越热越腥，越腥越吃不完。自从可以自己决定吃什么，就打定主意不再吃鱼。

那天晚餐点的鱼都是我吃的，他们不爱吃就不吃吧，我可以克服一点挑刺的麻烦。

5

小时候舒适的餐桌氛围让我审视食物变得容易，食物在我眼中的标签就是"好吃""不怎么好吃""得费点劲做出来才好吃""怎么费劲都不好吃"这么几种。等到成年之后再慢慢接纳从前有些抗拒的食物，这个过程也是自然发生的。不过回想起来还是有些奇怪，为什么大人们总能把餐桌上的饭菜一扫而光，他们就没有不爱吃的东西吗？

我当然也问过爸妈，但每次都被他们用忆苦思甜的故事给绕过去了。按他们的说法，经历过物资匮乏时期的吃不饱，现在吃到什么都该珍惜。所以他们吃过放多了盐的排骨汤，冰箱里冻得发干的鸡和羊，还有我第一次下厨煮煳了的绿豆沙。

我在很久很久的后来，才知道我爸最喜欢吃的食材部位是鱼泡（鱼鳔）。如果家里做了红烧鱼，妈妈就会把鱼泡挑出来夹到我爸的碗里。他喜欢这个部位烧透之后微微发韧的嚼劲，但也很少去找摊贩单独预订一份混合了鱼籽、鱼泡和鱼肝的鱼杂吃个过瘾。妈妈不吃肥肉，如果有道菜需要用到五花肉，她也照常切片煸炒，只是自己不吃碗里的肉片。他们对食物更多地展示了一种包容，而不是喜好。

一家人在一起吃饭久了，因为太过习惯，有时候难免会不自觉忘记其他人对食材的偏爱。煲好的猪肚汤端上桌，猪肚正好是我喜欢的有嚼劲的口感，但妈妈喜欢吃炖得更软烂点的。除了截然相反的口感和口味偏好，可能还有成长环境带来的饮食习惯差异，大家各吃各菜的情况也不是没出现过。只有充分的包容才能润滑这一切，餐桌上的包容是保持自我却也不觉委屈，更不强迫他人。

等到妈妈从老家来北京过年，就轮到我掌勺了。我们长时间没有生活在一起，每次她来北京之前，我都得在心里把以前她吃得多的食材盘算几遍。我了解妈妈的忌口，不过在忌口之外也想给她试试新东西。

我妈这辈子都瘦，她喜欢静卧着读书，一坐就是一整天，一直不爱运动。当了几十年老师的人，从前长时间站立的工作习惯能带动身体的自然代谢，年轻的时候胃口还算好。等到年纪大了，眼见着饭量一年比一年差，多吃点肉就觉得不好消化。独居之后更是提不起劲来做饭，吃饭的时候刷着手机短视频，没吃几口也就觉得饱了。我看着她手臂和腿部的肌肉都流失得厉害，又实在劝不动她多做运动，只能想办法在饮食上多下功夫给她补充蛋白质。我都写了这么多年菜谱了，不给自己亲妈做出点新花样实在是说不过去。

早餐给她蒸了"油鸡枞蒸蛋"，云南的野生鸡枞菌和蒜瓣、花椒一起在菜籽油里小火慢炸之后，连油带菌都喷喷香。这是湖南老家没有的食材，我妈又喜欢吃菌子，我以为她会很惊喜。没料到炸干的鸡枞纤维有些塞牙，虽然蒸鸡蛋清淡鲜美好消化，不过妈妈试了几口之后还是默默地把油鸡枞拨到了一边。我用潮汕墨斗丸（墨鱼丸）和番茄白菜一起煮汤，把去壳的新鲜小鲍鱼烧到土鸡里面，按说这些菜的口味也是她喜欢的，而且她自己平时不大会做。妈妈确实感兴趣地试了试，可惜牙龈萎缩使不上劲，墨斗丸和小鲍鱼的弹牙口感反而变成了负担，她只能遗憾地表示吃不了了。

我平时对付朋友的忌口明明很有一套，每次看到朋友的忌口因为吃到我做的菜而被改变，我心里都高兴得要死。我一厢情愿地认为每个人爱吃的食物都会越来越多的，不爱吃是因为没碰到真正好吃的做法。

这显然还是想得太美好了，别说普通人能有多少改变忌口的机会，当我妈能吃的食物还是很少的时候，我也没法淡定地说出那句"不爱吃的可以不吃"。不比她养育我的心态松弛，我总盼着她爱吃的食材多样化一点，身体就会更好一点。

妈妈在北京待的一周里，特别喜欢我做的两道菜。一道是羊肚菌炖猪肚土鸡汤，她喜欢吃菌子，我在汤里额外加了一小块江浙的咸肉，复合咸鲜的味道比家里的汤底更胜一筹。猪肚软烂的口感是妈妈喜欢的，土鸡不好咬没事，自有我来吃掉。另一道是家里常做的酸辣鸡胗，鸡胗炒老了也会发韧，也是因为牙口的关系，妈妈已经好几年没吃过了。我把鸡胗两侧的"银皮"切干净，这是炒完容易咬不动的部分，再特别留心控制火候，脆嫩脆嫩的鸡胗又入味又好嚼，当天大家都多吃了一碗饭。

　　算了，要是爱吃的食物还是只有那么几样，那多吃点也行。

厨房里的"成年礼"

1

熟悉的云南朋友在新一年的暑期菌子季里，给我寄了一箱"红见手"。"见手青"是一类野生菌的统称，它们被触碰或切开后，菌体会迅速地变成靛蓝色。红见手是见手青里比较常见的一类，产量大、口感脆，味道鲜又带点毒性，云南人大多对它又爱又恨，好吃，但吃的时候难免有点战战兢兢的。

朋友小心地避开了菌子季开始的头两茬——太早采摘的菌子可能毒性更重，吃的时候反应更大，更容易中毒。然后下午去菜市场亲手挑了两斤——采菌人一般清晨进山，上午还没有足够多的新鲜菌子可以选择，当天清晨采摘的菌子得午后才辗转流入居民区的菜市场。逐个轻捏菌柄判断是否结实——野生菌难免有虫眼，菌柄捏着越紧实的虫眼越少，炒出来口感和卖相也都更好。就这么挑了两斤红见手，将其逐个包上纸巾，避免菌子之间因直接接触而产生擦伤和磕碰，小心翼翼地寄来了北京："不太敢给别人寄，我觉得你还是没问题的。"不过朋友也不敢多寄，万一身体代谢速度慢了一步，哪怕炒的过程完全没问题，连吃几顿也还是会累积毒性引起不适。

我在云南本地吃到的各种炒菌子，盘底都有一层金黄色的菜籽油，我本来以为这是餐厅"油多不坏菜"的习惯，后来克服了一些家庭炒菜不想用太多油的心理障碍，发现加大油量确实十分必要。油温比水温高，如果锅里的油太少，菌子一下锅就骤然降温，很难让红见手在"有效温区"里持续被加热足够长的时间，而持续高温受热是让菌子解除毒性的关键。菌子切片后容易彼此粘连，炒的时候还会贴在锅壁和锅铲上，炒菌子的十分钟里得不断观察，让所有的菌子都均匀受热才安全。有些人认为用辣椒、蒜片也可以给野生菌试毒和解毒，残留了毒性的菌子会让蒜片颜色也发生变化，但我觉得这种说法更接近传统文化中药食同源的信仰，关键还是在于炒菌的手法和温度。

在社交媒体上分享这盘红见手的时候，评论区十分热闹，好奇和担忧皆有。有些朋友建议我趁着身体还没反应，先查查北京哪家医院有处理野生菌中毒的经验。但更多是云南本地的朋友发出感慨：三十多岁的人了，在家里还没有获得"炒菌权"。

对云南人来说，"炒菌权"似乎是一种成年礼一般的存在，这份权力和年龄没有直接关系，只有日常厨事被长辈们首肯了，炒菌权才会被逐步下放。没有办法，涉及全家人的安全问题，还是需要谨慎一点，平时做菜不仔细的可不能揽这个瓷器活儿。

2

我最早学会的家常菜是辣椒炒肉、番茄炒蛋和各种炒青菜，这些都是我爱吃的。看准油温分步下锅，炒熟了肯定能吃，再瞄准自己喜欢的火候多练几次，很快就有模有样了。不过还有一些爱吃的家常菜，我在读大学之前从没尝试自己做过，比如炸鸡腿、麻辣小龙虾和清蒸大闸蟹。

炸鸡腿挺难的，鸡腿本来就汁水充沛，打上花刀腌制之后入油锅，连骨头缝里的血水都要蹦出来。我喜欢吃孜然辣椒口味的，这种干腌料也会随着油温升高毫无规则地往外乱蹦。每次要做炸鸡腿的时候，我妈都严阵以待，让我离灶台远一点。她会拿上锅盖充当临时盾牌，但还是会时不时地在我妈的手臂上见到被烫伤的痕迹，我边吃边为妈妈的烫伤愧疚不已，最后干脆谎称自己已经不爱吃这道菜了，这道"大菜"从此才在家里绝迹。

经常有刚刚开始学做菜的朋友问我，想学一道类似"鲍鱼烧鸡"的大菜会不会很难？其实红烧菜是最容易的，论刀工比不过清炒土豆丝，论火候比不上酸辣鸡胗，只要掐好时间准时关火，收汁时留心别烧煳了锅底，就不可能失败。反倒是看起来比鲍鱼烧鸡要朴实得多的炸鸡腿，却需要做好心理准备承受一些厨房伤害。

虽然呈现简单，但从操作难度上来说，炸鸡腿却是个不折不扣的大菜。和炒见手青一样，都是不会轻易让孩子操作的菜式。大人才能做大菜，因为他们不仅更有厨房经验，而且更有责任担当，我妈炸鸡腿时把我护在身后的样子，和张开翅膀护着小鸡崽的鸡妈妈一模一样。

麻辣小龙虾和清蒸大闸蟹做起来倒是不难，但看着张牙舞爪的小龙虾和大闸蟹真是让人无处下手……有这种想法的不止我一个人，菜谱里最受欢迎的原料永远是鸡蛋、鸡腿、虾仁、排骨、香肠和巴沙鱼片。这些食材处理起来不费劲，蒸煮煎炒各种烹饪方式都适配，任何调味都容易吸饱味道，分量多点少点都可以操作，是永远的安全区。

我有位三十出头的单身女性朋友，有一天看着生鲜电商平台送来的鲜活鲈鱼，一边后悔怎么就忘记备注要宰杀了，一边战战兢兢下刀杀鱼，菜刀剁下的那一刻扭过头去根本不敢看，全凭意志力支撑着不哭出来。当天她把杀鱼的战场照片发了朋友圈，之后她却迅速跨越了简单蒸煮的日常菜式，学会了炒糖色，熬葱油，在菜市场一只只捏梭子蟹的肚子以挑出更肥的回家焗着吃。她跟我叙述这段经历的时候我笑到不行，比起毕业之后独自租房居住，杀鱼才更像是她的"厨房成年礼"，唤醒了她对厨房的熊熊野心。

3

和我一直偷瞄妈妈手上烫伤的水疱不同，妈妈得计算家里的日常开销，她的目光经常驻留在柴米油盐的罐子上。家里不太做油炸菜式，多少也是因为舍不得油。用老抽、孜然和辣椒腌过的鸡腿，下油锅之后会马上上色，但清亮的油也瞬间变黑，后面再炒什么菜都显得脏兮兮的。妈妈的厨房智慧，是在炸完鸡腿之后用细密的滤网尽量把油滤干净，滤过的油单独倒入一只搪瓷大缸里，然后在接下来的几天里多做几道红烧菜，既能复用油里的风味，也好掩盖掉沉闷发黑的颜色。

油炸食物是隆重且奢侈的，我们家最常见

的油炸食物是藕夹和肉丸子，也几乎只有在准备年夜饭的前两天才会做。大概从大年二十八开始，把藕夹和肉丸子各自炸上一锅，预备过年期间随取随用，再用剩下的油把作为年夜饭大菜的扣肉或鸡爪炸出虎皮，最后再酌情炸点鱼，这锅油才算是物尽其用。

　　油炸食物吃少了馋，吃多了腻，过年的时候大家庭的成员齐全，炸好的藕夹和肉丸子也能快快消耗掉。不然过上三五天，别说肚皮已经装满了油水的孩子吃不动了，油炸食物也开始散发出淡淡的油耗味，弃之可惜。长辈们并不吝啬在过年的时候多做点好吃的，只是越费工夫的菜式也越矜贵，得掐准日子才起锅烧油分批炸食物，孩子们只管吃个开心，成年人得操心柴米贵。

　　但我在闽南和潮汕朋友的家里倒是时常能见到油炸菜式，闽南朋友的日常餐桌上甚至会出现"炸枣"。这种小点心形态像枣，口味有甜有咸，用糯米粉混合红薯泥揉成外皮，甜口的包上芋泥和花生碎，咸口的可以用笋丁韭菜肉末或者香菇虾米白萝卜，怎么鲜怎么来。刚炸出来的炸枣，表皮明显焦糖化，咬口更酥，放凉之后口感变得有嚼劲，是另一种不同的好吃。

其实很多地方都有类似的油炸食物，家里老街区拐弯处的某个角落多半有这样的摊位存在，只是不像闽南地区这样在年节、祭祀和婚丧嫁娶的乡宴圆桌上必备。无论如何，理应出现在宴席或街头的小点心，就这么轻而易举地在家庭餐桌上出现了，我内心还是微微震了一下。就像平时把饺子视为节庆食物的南方人觉得面食制作起来太烦琐，而北方家庭却可以随时和面包饺子。和面、拌馅，一家人人人都能上手，一挤就是一个大肚水饺。越日常就越擅长，油炸食物也是如此。

朋友搓炸枣的手势娴熟，平底锅里的油并不多，虽然做的是炸枣，手法却是半煎半炸。为了保持油温不下降，一次只煎炸三只。边搓边炸，一个人做成了一条流水线，等最后一只炸枣入油锅，台面也被收拾得干干净净。明明是同龄人，却很难让人用年纪来衡量厨事的熟练度。明明都是油炸食物，但在不同人的家里却有了不同的地位和展现。

那天的炸枣太好吃了，虽然没有大锅宽油炸出来的那么酥，但切得细细的小虾米和鱿鱼干，真是独一份的鲜美。而当天在餐桌上的话题也从各种社会热点和八卦事件，变成了互相询问对方：是什么时候开始学做菜的？觉得什么菜做起来最麻烦呢？

　　读懂技巧是一回事，只是恰好也知道这道点心的不一般，话题的开启方式就不同了。食物和人生都是可以单独长篇大论的话题，但糅合在一起的复杂性恰如生活本身。有很多好吃的食物，吃下一口就会觉得它技巧厉害，那是显而易见的，但无法因此代入任何情感，更别提触动心灵。也许只有在更成熟的年纪里蓦然回首，以过去几十年的经历作为衡量的尺度，从前被忽视的细节才会变成一种具体。

　　食物是可以体验和记录人生的，这是我在厨房里真正学会的东西。

厨房产品经理

1

我们家炒菜用的大铁锅外侧有一层很厚的油垢。我仔细观察过自己的烹饪习惯,每次炒完菜出锅的时候,我习惯左手单手提起锅柄倾斜四十五度,右手用炒勺把锅里的菜连拨带刮,迅速地盛到盘子里。这种中式铁锅大都没有导流口,就算有也不会很好用,菜出锅的时候难免会有些油汤顺着锅壁流下去。怕前面做好的菜凉得快,大部分时候只来得及把锅里洗刷干净就得迅速衔接下一道菜,顾不上洗锅底。一道菜接一道菜陆续下锅,流下的油汤残留在锅壁上,被灶火一烤,马上烙在锅底,这下更不好清理了。

油垢主要集中在炒锅出菜的这一侧,有些

已经厚到自然开裂，像老树皮。我看到之后会顺手剥掉两片，但也不想花时间单独清理。在我们家，洗锅的工作是属于我先生的，我绝不能再给自己揽厨房的活儿了。

不知道其他人家里是怎么分配厨房工作的，我们家两人都是自由职业，快到饭点就默认都要放下手上的工作一起干活。一般是我想好今天吃什么，我先生负责按我列出的食材清单出门采购，我做饭的时候他再帮忙打打下手，饭后洗碗和收拾厨房。

采购食材也很费事。要买一斤排骨，是肋排还是脊骨？肉质太厚的肋排烧起来口感发硬，最好让老板挑薄一点的前排。不，我不怕买到肉少骨头多的部位吃了亏，就这么和老板说没关系。顺便把前排剁成大拇指长度，要均匀一点，别太长也别太短。如果今天菜市场的肋排都太粗，那清单上的口蘑也不必买了，本来准备做个"口蘑烧排骨"的，我再想想别的菜。

我像是一个厨房"产品经理"，不仅要设计菜式和确认开发的优先级，还要越俎代庖地帮程序员写好"if...else"的执行代码。同时做两个工种，思考两个人的操作流程，并且不能一次输出太多。如果同时列举"1……2……3……"的步骤给我先生，他会提出抗议："慢点儿，记不过来，一个个说。"天知道我只是想把程序员先生的活儿一次性说完，好结束掉这个指令而已啊！

他洗碗的习惯也和洗锅如出一辙：永远只洗容器的内侧。如果碗边有油，下次用这只碗盛菜的时候就会摸得满手都是。做完菜出锅的时候经常分秒必争，再不出锅就煳了！这会儿摸到一只油腻的碗实在是来不及发火，只能自己迅速把碗洗洗或者直接换一只来盛菜。好在现在有洗碗机了，机器还是比人靠谱，每只碗洗完之后都光洁锃亮，挽救了我们的夫妻感情。但我妈从小就教我，做完饭收拾厨房的最后一步是擦灶台，灶台只有每天都擦才不容易积攒油垢。而我先生收拾厨房的时候永远跳过这一步，和我爸一模一样。

2

仔细拆分一下厨房工作，从采购食材、确定菜单、处理备菜到最后下锅，每一步的复杂度和创造性都比洗碗要强得多。这绝不是因为我掌握了厨房大权就给这项工作贴金，经常做饭的人都知道，每天光是琢磨要做什么菜，时间和脑力就开始无穷无尽地消耗。有时候一边在用筷子打鸡蛋，一边思考哪个食材先下锅才更合理。耐心、思路和鸡蛋一并被搅和得不成样子，此时如果还需要帮别人梳理出特别明确的指令，心里的疲惫感立马加倍。

还好我先生的买菜技能已经在真实的鸡毛蒜皮中被训练出来了，从前交给他采购任务之后，他每进行一步都要跟我确认这条程序的"指令"，不然餐桌上多半会出现一些奇怪的菜。做菜的第一步，食材肯定不能买错，肋排就得是肋排，怎么可能用脊骨来代替，谁要吃糖醋脊骨？童子鸡、老母鸡各司其职，该爆炒还是该炖汤，那是断不能错位的。

现在过了立冬，他自己就会去菜市场找红

菜薹。买之前观察每一堆红菜薹的根部，有大量空心的肯定不行，切面得新鲜水灵不发黄。菜薹的茎比叶好吃，长得粗的菜薹才不是老呢，粗菜薹比细菜薹的口感好太多了。只要吃过不同口感的菜薹，再和它的模样——对应，买菜就是一项可以被反复练习的技能。

在家庭生活里磨合了十几年，我已经将厨房的前置工作尽可能分出去了一部分。但厨房里的统筹规划好像只适合由一个人全盘掌控，这部分工作不像采购可以耳提面命，真正只可意会，不能言传。不常做饭的朋友可能很难体会其中的细微差异，当锅里炖上肉了，这段空闲时间就可以不紧不慢地处理其他配菜。而抢时间的小炒就只能提前完成所有备菜工作，下锅大火急烹的时候才不容易手忙脚乱。

每道菜的菜谱和流程都在做饭人的心里盘到包浆，做得越多就越熟悉，也就越难假手于人。且不说每道菜的烹饪时间完全不同，还要考虑食材买错、忘记解冻、调料不够、酱料过期等很多其他的偶发因素。天气热的时候不怕菜凉着吃，天气凉了就想等全家人都到齐了再开火，以保证菜上桌时还是热的。这些关窍很难掰开揉碎了和人说，非得自己多做几道菜来体会不可。

厨房里的突发情况太多了，理想的统筹规划能被实现并不容易。好不容易严丝合缝地合上了每一环，每道菜上桌都是最佳状态，简直是一个小小的值得欢庆的时刻！要是准备开饭之前有人去接个电话，或者非要把这把游戏打完再吃，就很让人恼火。

3

哪怕再怎么喜欢做饭，我也不愿意在厨房里独自忙碌。享受做饭的过程是一回事，但厨房里的隐形工作也值得被看到。所以做饭的每个环节我都尽量让先生参与进来，剥蒜、洗菜、削皮、焯水，哪怕只是递个盐罐子也可以。想让庞杂的生活琐碎得以永续，归根结底是要两个人做同一件事。

我问过很多在家主要承担了做饭责任的人，他们的家庭角色多半是妻子、母亲、住家阿姨,当然也有少部分丈夫或者父亲。我问他们,做饭累吗?当然是累的。那为什么不让其他家人一起参与呢?要么是因为其他人不擅长,来厨房干活与其说是帮忙还不如说是添乱;要么是因为其他人有事要做,比如加班、接孩子,或者是在巨大的工作强度之后需要休息而无法再做家务。

似乎只有包饺子是少数可以一家人齐心协力进行的厨房工作,包饺子更像是群居条件下的生产活动,谁负责什么环节是没有严格分工的。也许有人更擅长擀皮,有人更擅长调馅,但这些都不重要,小孩子多练几次也能捏出个像模像样的大胖饺子。包饺子主打一个人人参与,就要那个热闹的气氛。相比之下做菜可就难多了,很多时候家里的一个人比另一个人做饭更好吃,也更愿意琢磨搭配,这个人就逐渐承担了更多的厨房劳作。

因为有着这样小小的技术门槛,下厨的时间越久,就越难把这项工作转移出去。家人喜欢吃口感更细嫩的梅花肉,就要起得更早去菜市场买这块抢手货。茄子吃腻了凉拌的做法,还得花时间研究新花样。碗筷要晾，调味品要补，干货要悉心收纳防止生虫，新鲜食材需要花费更多心力才能买得合口又实惠。一个人守着小小的厨房，却连盐罐子什么时候空了都只有自己知道。

厨房里的活儿比打扫卫生来得频繁，比晾晒衣服来得耗时，唯一可以与之匹敌强度的只有接送孩子和给孩子辅导作业，每天都得做，经常做一样的，还不得不做。在如今的社会结构里，下厨和育儿这两项重要且持久的工作本来就被密不透气的生活节奏挤压着，很难成为让人享受的事，再没人给搭把手，分分钟都继续不下去。育儿的工作是不得不做，相比之下下厨就可有可无了，外卖可以解决问题，精力能省就省。

事实上，一个家庭中参与厨房工作的人越多，最终呈现在餐桌上的菜式的复杂程度和好吃程度就会越高。

我给先生解释如何处理中午做菜要用到的野生小香菇，因为质地比花菇要薄很多，不能提前太久泡发，浸泡太久容易泡烂。野生小香菇也不像养殖菇类那么干净，泥沙藏在香菇的每一寸褶皱里。剪掉蒂部之后，要在清水里加一勺淀粉，顺时针反复搅打几次才能淘洗干净。我当然可以独自处理这些，也大可选择更方便省事的食材，但我更希望另一个人加入进来分担这一切。这天我把剪香菇蒂和搅打清洗的工作分配给了先生，这不是简单意义上的"打下手"，而是不能对家务置身事外。

当两个人都参与厨房劳动之后，最终菜做得好不好吃，都不再单纯地和"好吃"本身相关了。厨房工作的每一个环节都可以成为餐桌上的谈资，小香菇里还有残余的泥沙又怎么样呢？这会儿一定不会互相责备，更多的可能是一起建立对这个食材或这道菜的立体认知。

4

从前在厨房里进行工作分配，很少会以意愿为优先原则。有时候是时间优先，小时候父母是双职工，孩子饿了等不了，谁先到家谁做饭。有时候是技术优先，妈妈做饭更好吃，不着急的时候就默认等她来做。有时候是体力优先，以前轮到我们家操持年夜饭的时候，因为家里的灶少厨房小，我爸会在厨房里熬一整夜，把所有需要炖煮的食材一锅锅地做好预处理，腾出锅子，再炖下一锅。但要说起谁更想做饭，在那个人人自炊的年代里，我们的长辈可能压根没考虑过这个问题。

现在的下厨条件说不清比那时更好还是更坏，采购食材、确定菜单、处理备菜，每一步都可以选择购买半成品，需要提前规划的主要是到货时间和加热速度。从某个角度来说，厨房的准备工作变得简洁了，来不及做饭更不算个事儿，叫个外卖或者下馆子也能丰俭由人。要真是一点都不想下厨，厨房工作也可以减少趋近于零。

这几年成长起来的新一代"厨房产品经理"，在厨房里规划的几乎完全是另一个方向：如果是一人食，要怎么吃更方便又均衡？如果想下班回家自己做饭，得让生鲜电商平台几点送达？如果想每天带饭去公司，需要在周末提前做什么准备？如果老板临时通知加班，冰箱里快坏掉的食材还能怎么挽救？尽管这些规划也想从好吃出发，但更多需要兼顾的是工作和生活的平衡，是和社会结构争夺有限的时间预算。

工作和生活的无奈之处在此时重叠，有任务但没资源，既要马儿跑，又要马儿不吃草。巧妇难为无米之炊，再好的产品经理没有开发资源也规划不出什么东西来。但凡上过班的都知道，此时唯一的解决方法就是：妥协标准，只求完成。之前规划的一切厨房分工都太过闲适，当下厨变成了生存所需，那就只能凑合了。

于是对食物的需求从想吃什么做什么，慢慢变成了什么快就只能做什么。"五分钟快手菜"和"二十分钟两菜一汤"的菜谱越来越受欢迎，能选择的食材和烹饪方法也越来越少。切肉和炖煮牛腩太费时间了，只能周末吃。忘记把要白灼的虾提前解冻，干脆一整包直接扔到沸水里煮算了。要去籽的苦瓜，要削皮的茭白，要撕掉老筋的豆角，都是家常食材，但处理起来心里会有些焦急，随便刨几下入锅，差不多就得了。

凑合着吃完晚餐，就要回到电脑前去完成

另外一份有任务但没资源的活儿：加班。生活陷入短平快的无限循环中。至于谁买菜谁洗锅，对于时间紧凑的打工人来说很重要，但也不那么重要了。

谁来决定吃什么

1

因为被朋友们公认会做饭，每次在外聚餐时菜单不知不觉就会被递到我的手上，绝大部分时候我擅长且享受点菜，并且自认有一种能用点菜的方式就把同桌的亲朋好友全部照顾好的能力，接过菜单就开始自觉操持。老朋友的忌口我早就烂熟于心，一边问问新朋友不能吃什么，一边默默回想在座所有人的籍贯和日常饮食偏好，该减辣减辣，该免香菜免香菜。如果同桌有人不爱吃内脏，最好尽量避免同样可能有明显腥膻味的羊肉和河鱼。如果有人牙口不好或者正在戴牙套，那就多点糯软的食物，更不能点咖喱，以免牙套染色。最后再把菜单给大家过目，务求照顾好所有人。

我观察很多人的点菜方式是把社交平台和点评网站上的推荐菜式一网打尽，这也是个不容易出错的办法，毕竟销量高的菜式，餐厅也会视之为招牌，不敢怠慢。何况大多数时候，餐厅的菜单并不十分易读，老板们需要考虑菜品的毛利率和时下流行程度，把作为经营方想推广的菜放在最醒目的位置。

不过作为并不想赶时髦的食客，我点菜还是以口味优先，好吃最重要。最好也能点出一些不那么热门，却代表这家餐厅特色的菜式。我会在打开菜单的时候顺手打开手机浏览器，搜出这家餐厅所属菜系的招牌菜，锚定它在菜单上的位置。如果是一家湘菜馆，点出"辣椒炒肉"不算什么本事,可北京的湘菜馆会做"新化三合汤"和"东安鸡"的可以说是寥寥无几，前者是湘中地区的名菜，后者是传统老湘菜，现在湖南本地都不多见了，菜单上出现这些菜反倒会让人眼前一亮，一定得试试看！

菜单看得多了，也能分辨出哪些菜是老板们想塞给我们的，哪些菜才是自己真正想吃的，哪些菜是花活儿，哪些菜才考验厨师的真本事。再同时考虑价位、荤素搭配、凉菜热菜和汤水的比例，有什么时令食材，和不同食材适配的蒸煮煎炸烹饪技法。翻阅菜单时脑子里这么运行计算过一轮，把手指头按在要点的菜名上作为标记，最后请服务员全部记录下来，不耽误他们太长时间。

如果去一家新餐厅尝鲜，这种点菜方式是非常稳妥且全面的。这次吃得满意之后，再次探访就更好说了，保留之前觉得不错的菜式再酌情增减，一般都不大会出错。

会点菜的人觉得这个过程很享受，不只因为主动权掌握在自己手上，还因为现代人相处时，大多羞涩内敛到不愿意提出自己真实的要求和想法，问就是什么都能吃，而如果真能准确避开忌口，点出对方真正想吃的菜，这种成就感简直无可比拟，和送出一份对方一直想要却舍不得买的礼物也差不了多少。

面对越亲近的朋友，点菜的时候越是不自觉地想多照顾他们的口味。哪怕这顿饭的重点是聚会或者谈工作，饭菜作为聊天的背景，起码得是适口的。要是同桌吃饭的人关系没那么亲近，又想把每个人都照顾到，最好就把点菜权"下放"，每个人各点两道自己喜欢的菜，也是个皆大欢喜的做法。

2

没有人比我自己更了解自己的口味，我享受点菜的过程，也习惯把"点菜权"握在自己手里。对爱吃的人来说，让其他人给自己安排吃什么，相当于把身家性命都托付出去了。

第一次接触 Omakase* 餐厅和菜单的时候，我和主厨一样紧张。那是北京一家价格并不算非常高昂的日料店，需要提前沟通忌口，确定哪些食材不能吃，直到开餐前才能知道今天的完整菜单。客人们坐在板前，主厨一边笑容满面地和大家聊天，一边时不时观察后厨的学徒们把食材处理到什么进度了。那会儿 Omakase还不算特别流行，板前烹饪又颇具表演性质，

---

* 日语的意思是"交给您了"，又称无菜单料理，是一种用餐形式。和客人自主点菜不同，一般是由主厨全权决定用餐的菜单。

餐厅和客人对此都是生疏的。每当后厨传来一些小小的争执声，板前本来流畅的谈话就会微妙地僵上一瞬。

平心而论，那顿饭的食物并不算糟糕，只是每道菜都像一个"盲盒"。客人无法决定自己吃什么，但仿佛也亲身参与了所有的烹饪过程，甚至隐约知道哪道菜可能会有问题。对于不熟悉这种氛围的人来说，两个多小时的板前时间颇有点如坐针毡。

Omakase 餐厅把菜单浓缩在一张纸上，无形中替客人做了所有决定。点什么菜、如何搭配、哪道菜先上，所有的流程都被提前设计好，主客之间的寒暄从落座之后的第一道菜开始。哪怕后来已经很习惯这种形式的餐厅，我的心里还是有点空落落的，翻看菜单和照顾朋友的乐趣被剥夺了，手都有些没处放。不过看到不那么擅长点菜的朋友，在这样的餐厅里被主厨照顾得很好，毫不费力就可以获得无论食材还是搭配都接近完美的一套菜单，我也替他们长舒一口气。要是自己不小心点出了两道味道相近的菜，这顿饭肯定吃得没那么开心吧。

二三线城市有很多家常菜餐厅或土菜馆也没有菜单，冰柜里摆放好老板当天采购的食材，海鲜、肉类、时蔬分门别类，有些还会用食材搭配成菜式半成品的样子，所见即所得。客人们和老板讨论今天什么食材好，又适合什么做法，这顿饭吃什么就这么有商有量地定下来了。这种"明档"柜台的展示比纸质菜单要直白得多，且可以灵活更换，隐约有一种食材新鲜、更迭迅速、供应限量的意味，是我喜欢的。

在没有固定菜单的家常菜餐厅或土菜馆里，食材要怎么烹饪也并无定数，可以和老板阐明口味，或者请老板直接按自己说的做法来操作。明档里展示的食材和本地菜市场在某种意义上是重叠的，而旁边就是猛火大灶，即将在那里实现由自己定义的菜单。对于远离土地的都市人来说，这何尝不是一种 Farm-to-table（从农场到餐桌）的隐喻？

3

不过别说在餐厅点菜了，哪怕只是和家人

同桌的一日三餐，有时候也吃不到一起去。通常来说，谁掌勺，谁就决定一家人的当日菜单。毕竟从采购开始，连带着考虑食材搭配和消耗库存的需求，掌勺人在买菜的瞬间就得在脑子里进行好几种排列组合，迅速地寻求一个成本和效率之间的最佳解法，不可能等全家人坐在一起商量着决定。

碰上应季蔬菜上市的时候，价格便宜又确实好吃，爸妈难免会多买。夏天经常是皮蛋煮苋菜和蒜末炒空心菜轮番上阵，冬天就是各种打了霜的蔬菜，有小白菜、上海青、红菜薹和白菜薹，梗部都是糯糯软软甜甜的。现在想起来馋得不得了，那会儿却身在福中不知福，摆好碗筷就开始抱怨餐桌没有新意，对爸妈说得最多的一句话是："怎么又吃这个？"

无心说出的话最伤人，我已经不记得爸妈有没有因为这事对我发过火，但换作现在，我一定会对日复一日采购做饭的人充满感激，只有自己也这么做过，才知道当初别人有多劳累。掌勺权看似光鲜，但被视为理所当然的劳动之后，感激之情不再被频繁地宣诸于口，不满和挑刺显得格外尖锐。

我算是从小对吃比较有主见的孩子，有想吃的菜式会直接跟爸妈提要求，遇到桌上有不爱吃的菜式也会生闷气，觉得爸妈不考虑我的口味。爸妈也乐呵呵地迁就我，我爱吃零食无辣不欢的时候就给我把每道菜都加辣，我到了青春期开始有了身材焦虑之后，就把菜里的五花肉全部换成小里脊。

小时候有段时间，家乡大大小小的餐厅都流行做一道"酸辣鱿鱼卷"。那个年代湖南几乎没有新鲜鱿鱼，都是食用碱泡发的干鱿鱼，泡发之后从内侧打上花刀，搭配野山椒、蒜薹和酸豆角，再用几根红辣椒点睛。所有的配菜都切得细碎，不同层次的酸味和辣度全都浸透鱿鱼的花刀深处，让本来略显无味的水发鱿鱼变得极其下饭。

小孩子赴席的机会少，可家里又不会做这道菜，我馋得不得了，逼得应酬比较多的我爸凭着印象卷起袖子下厨试做。水发鱿鱼倒是好买，菜市场多的是，但每家摊位的泡发水准不一，有些闻起来有点腥臭。蒜薹不容易入味，偏偏买来的野山椒和酸豆角又太咸，做了几次调味都非常奇怪，不敢放盐，又不敢不放盐。最要命的是鱿鱼会不断出水，最后碗底的汤又咸又腥，和我想吃的那口酸爽脆嫩完全不一样。

等我爸跟厨师打探明白这道酸辣鱿鱼卷的秘诀，把野山椒和酸豆角拔盐*，鱿鱼提前焯水去掉多余的水分，终于完美地复刻了餐厅出品，他兴冲冲地连做了好几天，我又吃腻了，说什么也不肯再动筷子，还抱怨他总做同样的菜，就像夏天永远少不了的蒜末炒空心菜一样没有新意。

4

"掌勺权"是一种怎样的权力呢？掌勺权掩盖不了喜好。经常能在网络上看到开玩笑的说法：大人不挑食，是因为不爱吃的食物他们从来不买。

这么说倒也没错，不过大部分时候餐桌上

---

* 用浸泡或煮的方式去掉食物中多余的盐分，火腿、腊肉、泡菜等食材通常需要在烹饪前做拔盐处理。

的关注和了解是单向的。负责采购食材和下厨做饭的人买了什么菜，不能说明他们爱吃，最多算作不讨厌。但反过来，因为无须为此费心，端坐在桌前吃饭的人经常只知道自己爱吃什么，绝对不会比掌勺者更在乎餐桌上其他家庭成员的饮食偏好。

几乎没有父母做饭不考虑孩子的口味，而我对爸妈爱吃什么的体会却非常模糊。他们都是过惯了苦日子的人，饥饿年代里有的吃就不错了，挑食算是一个不符合无产阶级工人思想的缺点，是不可以把饮食偏好挂在嘴边的，什么都能吃，每餐都要光盘。我大概能记得妈妈不吃肥肉，爸爸爱吃鱼泡，他们对食物的爱憎并不分明，五花肉和猪肘子家里也不是没买过，爸爸也从不会为了自己的口腹之欲去跟鱼摊老板预订鱼杂。蒸好的鱼头里躺着一只浸满汤汁的肥厚鱼泡，如果我开口说想尝尝，那也一定会被夹到我的碗里。

掌勺权也掩盖不了偏爱。别说爸爸可以把喜欢的鱼泡让给我，有时候一道必须放辣椒才好吃的菜，因为顾及不能吃辣的孩子，辣椒就会被省略，或者负责掌勺的父母就干脆不做这道菜了。一家人吃饺子，每多拌一个口味的馅就需要多费一份心思，除了大家都喜欢的口味可以作为最大公约数，多出来的饺子馅口味，也多半因为被偏爱的家庭成员爱吃。

掌勺权更掩盖不了疲惫。做饭是花了心思还是凑合事儿，是很容易看出来的。可是权力和责任是这样地融为一体，如果以谁拥有掌勺权谁就该下厨作为理由，逼得人加班回家还要做饭，这事怎么都不会让人太愉悦。尤其千百年来人们把女性做饭的行为作为一种美德进行规训，说什么"上得厅堂下得厨房"，也只是用虚伪的权力和口头褒奖来换得一个任劳任怨的家务女工。

我回老家探望九十多岁的外公外婆，他们虽然还耳清目明，但观念着实说不上与时俱进。外婆满意地端详着我和我先生的身体语言，断定我们感情不错，并把这一切归功于我会做饭。我内心撕扯到抓狂，又怕跟老人家拍桌子给气出个好歹来，只能在饭桌上生闷气，暗暗下定决心做饭要以让自己快乐作为第一目标，还要在以后的日子里把这件事更大声地喊出来!

5

不过话说回来,虽然父母们做饭会优先考虑孩子的口味,但不一定愿意让孩子自己决定吃什么。

这种选择权不一定是放手让孩子点菜,很多时候是大人和食物之间的关系本就微妙,已经被孩子看在了眼里。比如大人希望孩子不要挑食,自己却经常有意无意地念叨什么食物不好吃。大人希望孩子吃得营养健康,自己却照样烟酒不忌还不吃青菜。

我自己是丁克,碰到亲朋带娃吃饭的时候,就会乐滋滋地观察他们怎么"哄骗"孩子们吃不爱吃的食物。反正事不关己,大人们怎么着急我不管,我是站在孩子那一边的。

有些人当然苦口婆心说多吃青菜才能长高啦,把食物和营养紧紧地捆绑在一起,食物的功能性含义走在了味道的前面,那吃药丸子来平衡营养不是更方便省事吗?有些人会勒令孩子不吃完不能下桌，乖乖吃完之后可以玩平板电脑半小时作为奖励。倒不是说不能把食物和欢快的情绪联系到一起，而是小孩子的自制力和判断力不够强，高兴了也吃，丧气了也吃，久而久之，会很容易变成"情绪化进食"的先兆。

让我印象深刻的"食物沟通"有两次。一次是我堂兄堂嫂带着不到五岁的孩子和全家一起吃饭，在点菜的阶段就让我侄子全程参与。他们不会说这道菜太辣了孩子不能吃，或者那道菜太甜了最后可能会剩下，一家三口津津有味地点评菜单上的每张图片，旁听的人都觉得不多点几道说不过去了，听起来道道菜都好吃啊！吃饭的过程更不必说，小侄子的脑袋本来就快埋进碗里了，其他人再鼓励一把，吃得更香了。

还有一次是和我的一位十年老读者聊天，我问到他平时会带孩子吃些什么。和很多家长不一样的是，只要孩子表达意愿，绝大部分食物他都愿意让孩子试试，哪怕是辣椒、咖啡、生鱼片、重庆牛油火锅这些看似"禁忌"或者默认孩子吃不了的东西。"反正吃饭也吃不出什么大问题。"他说。孩子总要认知世界的，而食物确实是独立践行这个过程的最小单位之一，这种需要持续提升的能力非得自己亲身体验不可。

6

独立生活之后我给自己做饭，成家了也一直由我履行厨房职责。从热衷于喂养自己，到把爱好发展成事业，这十年来我在网络上发表菜谱，下厨既是家庭生活的必须，也变成了我工作的一部分。

我理所当然地成了决定我们家今天吃什么的人，而且因为职业需要，总得不断尝鲜，这些年餐桌上的菜式天南海北，什么风格的都有。有时候做出来的菜奇奇怪怪的，有时候又接连几天吃得几乎一模一样，比如尝试用不同的火候和酱料来烧上一锅山药煨排骨。

这是一道取材简单，味道也很好想象的菜，怎么做都不会难吃。若想口味更好，可以把普通的排骨全部换成猪肋排中的软骨部位，先用高压锅把猪软骨压软，此时软骨已经糯到粘嘴了，再和山药一起烧透，口感一粉一糯，非常好吃！和普通的山药煨排骨完全不一样。并且山药和排骨都非常吸味，搭配各种复合型酱料可以说百发百中。用咸中带甜的沙茶酱很好吃，用柱侯酱、咖喱块也都好吃，家里有什么就加什么，喜欢吃辣的还可以多加几根干辣椒。

感谢先生的口味足够包容，我做什么他吃什么，从来不加干涉，让我的厨房想象力格外驰骋。我心甘情愿从爸妈手中接过炒勺，绝不仅仅是简单的家庭角色分配，也是一种极大的自我满足和自我实现。我不觉得下厨是一件单纯服务于生活的事情，它本身就可以成为有意义的创作。

我的读者来自全国各地，还有不少留学生，我时常有一种明明只是在北京家中的灶台边简单操持一道菜，却需要照顾好所有人口味的微妙幻觉。有时候白天刚刚发布一份菜谱，晚上就有读者交上了"作业"。我不免常常隔着屏幕猜想，对方是不是因为这份菜谱而突然有了下厨的兴致，甚至在劳累一天之后放弃了相对省事的外卖。我就这么参与了别人的生活，在那一刻决定了千里之外的餐桌上今天会吃到什么。

想到对方可能会因为好吃而开心，或者因为没做好而沮丧，再写菜谱的时候就多了一份责任。你说红烧鸡块够简单吧？广东人能轻易买到鸡有鸡味、肉质滑嫩的各种鸡，怎么做都行。北京菜市场最常见的肉鸡价格便宜，风味却乏善可陈，需要额外用白胡椒粉、蚝油来提鲜。生活在日本的朋友说，他们那边的商超一般都卖去骨鸡排，煎着吃最省事，但红烧就差点意思了，鸡骨头不止提供鲜味，啃骨边肉也很有乐趣。很多人做红烧类的菜式会习惯多留一点汤汁拌饭，如果试试把汤汁收浓一点，像黏稠的"自来芡"挂在鸡肉块上，质感和味道就会很不一样。

从选材到操作，下厨的每一步都有很细微的差异，写菜谱的人说得越明白，照着菜谱比画就会更容易。给山药煨排骨搭配不同的酱料是我自己的创作爽感，但毕竟很少有人能在家备齐所有菜式需要的调料和酱料，在菜谱里罗列选项且阐明风味以便大家决定是必需的，最终还得把"今天吃什么"的决定权交到真正做菜的人手上。

第三章

从食始

吃饭可以更重要

麻烦的"一人食"

1

"一人食"顾名思义就是一个人吃饭,看起来似乎备菜下厨的工作量都不大,其实反而是最麻烦的。一个人的饭菜原本很好打发,外卖是一顿,速冻饺子也能对付一顿,偏偏想买齐了原料自己做菜,除了简单快捷,更深入的诉求当然是荤素搭配、营养均衡和口味多样,这些恰恰是一人食最难做到的。

一个人也想要好好吃饭,但哪有说起来那么容易。

首先,菜就不好买。如果住在南方,附近有愿意卖小分量菜和肉的菜市场还好说,有些市场或商超走平价批发路线,五花肉论条、排骨论扇销售，食材买回去得先仔细地分成小份，分别标注冷冻。这种做法看似很有规划，耗费的精力却难以衡量。

做什么菜又是个问题。有些部位的肉处理起来是很耗时的，比如排骨、牛腩、牛尾、土鸡，想要炖煮到足够软烂，动辄需要一小时以上，除非一次多做一点再分装冷冻，否则买菜时就难免得权衡一下。每次还是照旧买鸡翅、鸡腿、虾仁、肥牛片，超市切好的猪肉丝、猪肉片，这些食材容易处理也适合分成小份，注定在餐桌上出现的频次会更高，可是做的次数多了实在是很难玩出新花样，吃一吃就腻味了。

连用什么厨具都很难决策。按说一个人吃饭的分量不大，是不是所有的锅具都买尺寸最小的就好了？如果选择了直径24厘米的不粘煎锅，就意味着放弃了煎整条的鱼。如果选择直径28厘米的中式炒锅，多炒几颗生菜都会觉得很难翻动均匀，火力和温度上不来。好不容易把"蚝油生菜"里的蚝油拌匀了，生菜也炒得太蔫太过火，完全不脆了。不同尺寸和不同用途的锅子也绝不可能全部购齐，本来很多时候就是因为租房或短暂借住，才不得已在狭小的空间里自己做饭，太多厨具只会造成额外的负担。

一人食确实太难了……

2

几年前有一部大受欢迎的美食日剧叫作《孤独的美食家》，主人公五郎独来独往，每次结束工作之后会就近找一家小店吃饭。五郎有着独到的美食雷达，总是可以在各种繁华街区和偏僻小镇找到好吃的一人食餐厅。最让人嫉妒的是，他明明是一个人吃饭，却每集吃的都不重复。一个人当然可以选择咖喱饭、拉面，居然也可以点上一桌越南菜、中餐小炒，甚至支个炉子在炭火上把小份牛肉烤得嗞嗞作响！

中餐默认是"合餐制"，大部分时候餐厅菜单明码标价，一盘菜的分量是固定的。偶尔有小份例汤，或者一大锅炖煮好的菜式可以随意盛出大小份，其他时候都按人数来点菜。人多的时候怕不够吃，得多点几道。人少的时候想多吃几道菜，只能吃不完打包带走，或者忍痛做出取舍，下次再来尝尝那几道想吃的菜。

有人说中餐炒菜考验火力，食材分量恰当才不容易炒煳，味道也足够融合。我觉得这倒是多虑了，食材入锅都会出水，分量少一点反而更容易炒出镬气。何况五郎吃的中餐小炒也都有小份的呀，假设厨师因为食材太少而炒过了火，那只能说明他技术不过关。照我猜测，更大的可能性是为了保证出品稳定和客单利润，且用餐高峰期又容易出现混乱，餐厅才单方面取消了客人对分量的选择权。

适合"分餐制"的西餐和日料似乎是一人食的最佳归宿，怀着一个人也要好好吃饭的心情，很多单身朋友的冰箱和储存柜里多半会长期备有鸡腿、牛排和意面。200克牛排是操作简单的优质蛋白，意面按重称量，70—80克干面刚好够一个人吃。吃腻了传统的西式酱料，意面也可以客串成中式面条或煮或炒，还不像中式面条煮完之后容易粘成一团。

长辈们试图指出长期吃沙拉、鸡腿、牛排和意面的营养搭配不均衡，殊不知当下的生存环境已经和多年前他们刚刚步入社会的年代大不相同。很多刚毕业的年轻人都租不起一间独立的、有厨房的、位置合适的屋子，只能以更低的金钱成本和陌生人妥协共住一个屋檐下。沙拉和牛排既容易估算分量，也不需要购买太多额外的酱料和锅具来烹饪。和陌生人共享厨房和餐桌已经有点超出现代人交际的舒适圈，再囤点咸鱼、梅干菜和辣椒酱，就很难在公共空间里兼顾人际关系的平衡。

一个人理所应当是吃饭的最小单位，但这与大部分餐厅的运营逻辑并不契合，螺帽比螺丝大两圈，拧不到一起去。更矛盾的是，潜意识里总以为一个人吃饭最好糊弄，其实被备菜烹饪和挑选餐厅的过程束手束脚，反而变成了一件不好下手的事。独立生活耗费的精力成本也许会比较低，精神成本却在无形中提高了不少。

3

写菜谱的这些年里，我发现很多人是在有了固定伴侣或者结婚成家之后才开始做饭的。

不过也只是把在家做饭变成了一个日常生活的选项，并不意味着有了固定的流程和频次。

按说单身和有伴侣的生活状态完全不同，度过初入社会自己吃饭的阶段，两人三餐四季会好打理得多。社会风气也默认一个人吃饭可以凑合事儿，成家了还天天叫外卖，这日子就过得很不像样。父母们会觉得，在家吃饭意味着节俭和安稳，意味着日子过得细水长流。只是他们可能很难理解，大城市里自己买菜做饭的成本经常比外卖要高，费时费力不说，还不一定好吃。哪怕是有了自己的家庭，下厨也还是不容易持续，只能在不忙的时候冲着健康的目的尽量做一做。两个人的家，一个人加班，另外一个人仍然得"一人食"，在如今的生活节奏下也是常有的事。

年轻的时候觉得爸妈永远用"今天吃啥了"作为聊天的开头，实在是有点没话找话。应付老板和通勤已经耗尽了心力，今天吃什么根本来不及想。现在倒是理解了，能顾得上做饭吃饭，说明生活状态还不算太糟，在无止境的困顿和烦扰里还留了一丝余力给自己。

何况在自己下厨和点外卖之间做选择，并不是关于时间和金钱成本的简单取舍。点外卖的时候，多少会有点"今天就凑合吃了"的心态，自己下厨要说完全不考虑营养和健康，那是不可能的。下厨的心理负担是这样微妙，还是点外卖拉倒吧。

这两年的菜谱里，我会以一种近乎"贪得无厌"的状态，尽可能往一锅菜里多加几种食材。我试过在炒牛肉的时候加一朵百合和几颗小油菜，以蒜瓣、干辣椒和蚝油调味，炒一碗香辣口味的"青菜牛肉炒百合"。新鲜百合的口感可脆可糯，和山药、干贝、虾仁、娃娃菜煮一锅"山药百合煮虾球"，只用盐和白胡椒粉调味也非常出彩，又暖和又鲜美，比西式的"能量碗"吃着更舒服。等到了蛏子大量上市的季节，把清洗好的带壳蛏子在沸水里焯一下，去掉泥沙和黑线，剥出半熟的蛏子肉，然后炒到番茄炒蛋里，咸鲜酸甜的口味意外地搭。虽然比白灼或葱油蛏子要麻烦一点点，但对于精力有限又不得不自炊自食的朋友来说，"番茄鸡蛋炒蛏子"是一道更好控制食材分量，口味也更融合的新菜。

营养指南建议每人每天最好能摄入二三十种食材，吃饭的人越少，吃的菜越单一，就越不可能达到这个标准。如果一个人也要好好吃饭，总得有个现实可操作的解决办法。

4

新冠疫情的时候因为要保持公共卫生，大家希望用餐时的社交距离可以比往常拉得远一点。有了这样的特殊契机，有些餐厅给餐位做了物理上的区隔。比如模仿日本一些拉面店的形式，在座位与座位之间拉红线，加帘子，做了适合一人食的新装修。

能拍出《孤独的美食家》这样主题电视剧的国度，想必一人食的状况是更普遍存在的。在日本本土的一些连锁拉面店用餐，进门先在自助点单机上点餐获取餐券，观察座位的亮灯情况选择空位，坐下后椅子上的感应器会告知服务员有人入座，煮好的面从小窗口递过来，吃面的时候座位两侧都有挡板。全程无须与其他人对视，可以大声吮吸面条，要是吃不饱想加面，那就更不用担心旁边的人投来异样的眼光啦！

日本拉面店自动化服务洞察到的一人食诉求是年轻人觉得吃面的姿势不够优雅，需要个挡板。而经常作为聚餐目的地的国内火锅品牌做了一个活动：自己一个人来吃火锅的客人，服务员会在客人座位对面摆上一个大玩偶。拿到火锅店玩偶的客人会兴奋地拍照发到社交网络上，呼朋唤友让大家都来试试，这显然更像是一个话题营销。

新冠疫情结束之后，餐桌之间的挡板被撤掉了。为了玩偶自己去吃火锅的风潮过后，火锅店的这项服务好像也被取消了。一人食当然是个商机，但外出吃饭还是最重要的社交需求之一。火锅店的玩偶营造了一人食的噱头，赚足了一人食的钱，却没有提供一人食真正需要的情感陪伴。

有人陪伴的一人食通常不会被列入这种矛盾的状态来考量。比如新手爸妈给婴儿单独准备辅食，多半是全家齐上阵换着花样来，怎么精心都不为过。怕孩子没吃饱，也怕孩子营养不够，哪怕照顾孩子已经日夜颠倒、鸡飞狗跳，这也仍然是全家人一致认为应当特别重视食物的时候。

所以是否享受一人食，是不是和爱与被爱有关？因为被倾注了大量爱意，小婴儿在吃饭的时候，应该不会觉得自己孤独吧。足够爱自己的话，在一个人捯饬饭菜的时候，哪怕没人看见，也能享受把时间和精力花在自己身上的自我照顾。

我们家现在长期处于一人食状态的是我妈妈。几年前爸爸去世后，妈妈一直独居。她的饮食范围在一步步地缩减，先是顾及牙口和血脂，很多食材不能再吃了。考虑到荤素搭配，肉类经常选择反复加热也不影响风味的蒸排骨和腊味。每顿饭做的蔬菜分量不大，要买能久放的品种，能混在肉里一起炒最好。家里放姜蒜的小篮子经常只剩干瘪的两三颗，不必要的配料不放也罢。晚餐煮碗挂面最省事，搭配前一天的剩菜凑合凑合就是一顿，像很多一人食的年轻人一样。

现在该我没话找话，问问妈妈今天吃啥了。

厨房里的边角料

1

很多四川朋友可能都有过这样的经验，如果家里这顿饭做了一道回锅肉，那多半还会有一道连锅汤。回锅肉需要把猪的二刀肉（也就是坐臀肉，现在也有用五花肉代替的）整块入锅煮到熟透，再晾凉切片炒制。在物资不丰富的年代里，煮过肉的汤底是不可能浪费的。在这锅稀薄但不乏鲜美的肉汤里，续上一点当季的时蔬，或冬瓜，或白萝卜，或莲花白（包菜），再加点盐调味，就是一道有滋有味的快手汤水。

"连锅"有几重含义，可以理解为煮完回锅肉之后连续烹饪下一道菜，也可以理解为把煮好的汤连着容器一起端上桌。这些菜式如何被发明和衔接，已经很难考证，但这无疑是一种朴实的烹饪智慧，也是方便省事的餐桌日常。

得先有回锅肉才有煮肉的汤，再怎么想喝连锅汤，也绝不可能为了这锅汤去煮一块肉。次序不能乱，否则会有买两只大闸蟹来消耗一碟醋的本末倒置感。肉汤既重要也不重要，它当然是厨房的边角料，用不上的人会毫不迟疑地倒掉，在用得上的人眼里，肉汤能让这顿饭多上不少滋味。没用完的肉汤冷藏保存，接下来两天做菜，但凡能用上肉汤，就绝不会用一滴水。

当然也有不想吃回锅肉，只想喝碗汤的时候。家常也能做简单的杂蔬肉片汤，五花肉片煸香之后冲入沸水，煮至微微发白再加蔬菜，虽然和连锅汤的食材组合几无差别，汤里的肉片还更多，却无疑失去了连锅汤的精髓。二刀肉有肥有瘦少筋膜，瘦多过肥，瘦肉的肉质偏红，成为回锅肉之前，整块没切的二刀肉起码得在锅里煮上二十分钟。这二十分钟能让汤底既有充沛的鲜味，也有乳化到位的油脂，既衬得起冬瓜和白萝卜这些吸收鲜味的本味蔬菜，也镇得住各种有草涩味的深绿叶菜。

在我看来，连锅汤该用什么蔬菜也并无定规，汤里常见白萝卜和冬瓜，一是这些食材便宜易得，二来它们吸收了饱满的汤味之后确实更好吃。至于红萝卜、豆腐块、油豆腐、黄豆芽和新鲜菌菇，家里冰箱有什么边角料都能放。归根结底就像煮火锅，只是连锅汤的汤味远不如正经骨汤或火锅底料来得饱满，食材一繁杂，汤底就驾驭不住，尤其随着各种豆制品入锅，汤底就愈发变得寡淡如水了。

汤是一种几千年前就存在的烹饪形式，它海纳百川，也不太挑剔食材的搭配和火候，包容并保留所有。连锅汤看似是回锅肉的副产品，其实是一种跨越时间的遥相呼应。在筷子扎入肉块深处探明是否还有血水之后，煮透的二刀肉被捞出置于砧板上另作他菜，只留煮肉的水继续发挥作用，食物的主次关系立刻变得鲜明了起来。

2

用煮二刀肉的汤底来做菜，除了菜式衔接得有一种恰到好处的巧劲儿，鲜美但不抢镜的清淡汤底，也确实让连锅汤有一种刚刚好的融合感。

我在汕头的牛肉火锅店，看到老板把煮过生牛肉丸的汤端给客人当汤底，夏天再往汤里扔几块苦瓜，冬天则是白萝卜块。汤底极简极清，又有星星点点的油花，稍带滋味，低调地衬托着新鲜肥嫩的好牛肉。也在台州主做海鲜的餐厅后厨，看到许多刚被剁开剔下的鱼头、鱼尾、鱼骨头，被一股脑地扔到锅里熬鱼汤。鱼汤越熬越白，用来煮海鲜真是鲜上加鲜。

在传统的中餐后厨里，一般常年炖着一锅"毛汤"*，半人高的大锅从早煮到晚，第二天再重新煮一锅。汤锅的位置一定在师傅们伸直手

---

* 传统后厨用老母鸡、猪脊骨、猪瘦肉、火腿、干贝、金钩等食材吊出"头汤"之后，汤渣还有少许鲜味，后厨会另外加清水再熬一锅"毛汤"。毛汤的汤色和鲜味显然不如头汤，但仍然是有味道的。

臂之后炒勺轻易可及之处，为的是随时可用。毛汤不像二刀肉肉汤、牛肉丸汤和鱼骨汤那样准确单一，里面有什么食材都很随机，可能有炖过第一轮头汤之后捞出来再次利用的原材料，也可能有后厨师傅们在切菜的时候顺手扔进去的洋葱块、鸡翅尖、鸡骨头，甚至剔下来的一小块猪皮。毛汤承接了几乎所有的厨房边角料，是廉价但足够灵活且复杂的汤底。毛汤不求汤色多纯正或鲜味多浓郁，喝一口可能都咂摸不出什么味道，但如果用它代替清水加到菜里炖煮烧烩，因为存在着渗透压，做出来的菜又融合又鲜美，比一切提鲜的工业原料都好用。

　　熬毛汤看起来简单，能出鲜味的食材边角料一股脑地往锅里扔就好。但无法忽视的前提是，首先得有边角料才行。如果厨房自行拆出整只鸡入菜，鸡腿、鸡胸、鸡翅各入各菜，鸡爪和鸡骨架就是现成的汤底材料，但如果后厨到货的就只有鸡腿、鸡胸和鸡翅呢？供应链成熟之后愈发体贴，餐厅只需要多付出一些供货成本，就可以节省大量的人工成本，还能避免处理食材时的不可控因素。毛汤当然也顺势省略了，光熬汤出不了餐的灶头也是后厨成本的一环。

从商业上考虑，厨房的边角料被利用得越充分，餐厅的利润毋庸置疑就会越高。还是用潮汕牛肉火锅店举例，因为一头牛只能出三分之一左右的肉来切片涮火锅，但牛肉成本高昂，得想办法把牛骨卖给屠宰场，靠近骨头的肉做成卤味，肥腻的油脂另炼牛油，整体成本才能降下来。否则这些成本被叠加到牛肉火锅上，吃一顿潮汕牛肉火锅就会变得太奢侈了。不同的牛肉火锅店运营思路也不同，有些餐厅为了省事，进货时喜欢多订深受食客欢迎的五花趾、吊龙、雪花等部位，他们的进货价肯定比直接按整头牛进货的牛肉火锅店要高得多，但后者就得自己想办法消耗边角料，没有白得的便宜。

还有把现杀鲍鱼的壳洗净之后煮在粥底里的海鲜砂锅粥铺，用隔壁炸过甜皮鸭的卤油来炸串的乐山油炸串串店，利用煮薄壳（寻氏肌蛤，一种浅色的瓜子般大小的蛤蜊）的高蛋白汤底来制作蛋白粉的工厂，旧时因为消耗不掉新鲜现杀的猪肉而腌制的咸肉和火腿……厨房的边角料是风味,是成本,是价值,是饮食文化,也是产业本身。

3

几年前我曾看过一场青年厨师大赛的直播,这种比赛一般会在短时间内布置几个命题作文,同时考量选手的技巧、创新和理念。技巧和创新还好说,要好吃、要平衡、要有新意,这些标准是永恒的。唯独"理念"非常抽象,无论是儿时理想还是传统文化,很多被阐述出口的理念都像是从小听到大的演讲词,套路正确,却一点也不戳人。那场比赛里唯一让人眼前一亮的选手,在比赛结束做完整套菜式之后,给评委们展示了她剩下的边角料——在手心里攒成的一个小球。她做了什么菜我早就不记得了,但她想表达的理念掷地有声:所谓的"边角料"都是人为定义的,能被利用的边角料,本身就是值得珍视的食材。

再去菜市场和超市买菜,我会不自觉地重新丈量食物,除了冬瓜皮和青椒蒂这些过于粗硬涩苦的部分确实用不上，其他每种菜在我眼里都像是变形金刚。炒手撕包菜时容易被绕开的包菜梗，适合扔到泡菜坛子里，这是最松脆的小泡菜。小葱保留葱须，洗净泥土，可以和大葱、洋葱一起熬葱油，万一没有熬葱油的计划，水培几周等着吃新小葱也行。不太擅长做面食的我，甚至还和山东朋友学了一招，玉米棒最外层的表皮，晒干之后剪成合适的方块大小，垫在笼屉里蒸包子馒头，完全不粘，还比垫屉布多一层香气！

厨房的边角料也变成了一种牵挂。有人约着出门吃饭，我先惦记上冰箱里剩下的半条鱼，昨天没吃完的鱼片用盐给爆腌上了，再不吃就会太咸啦！

我还兴致勃勃地跑去问朋友，平时都有什么厨房边角料要处理？我可以帮忙给出出主意！结果发现朋友餐桌上最常出现的菜式是煎鸡排，因为超市把鸡腿去骨再包装，买回家之后几乎无须处理就可以直接下锅，做饭省心省力才能多做几顿，但省心省力的同时也省略了边角料。

对下厨时间有限或者不享受烹饪过程的人来说，厨房边角料当然越少越好。在带骨鸡腿和去皮鸡胸之间选择，哪怕鸡腿口感明显胜出，但鸡胸胜在无须处理和更加低脂，很多人就会愿意选择鸡胸。厨房边角料是甲之蜜糖，乙之负担。至于鸡骨头能攒下来煮汤？要用鸡汤的时候再去买罐装鸡汤就好了。不过等做完这次的煎鸡排，下次再下厨也不知道是什么时候了。

　　我一边有些担忧，随着食品供应链越来越发达，食材已经在包装的那一刻被分配好了命运，边角料越来越少，善于利用厨房边角料变成了一门"屠龙之技"而无处施展，一边看着超市包装越来越大份的肉和菜，经常得把一盒胡萝卜拆成三顿吃，今天切片清炒，明天刨丝炒蛋，后天再加一颗土豆炖点牛肉。消耗这些大大小小的厨房边角料，多少让人觉得每天围着厨房忙忙碌碌、兜兜转转，但在所有的食材被完美地吃掉之后，我还是有一种生活确实可以如此的踏实感。

　　不过我也知道，已经固化的生活习惯和节

奏是无法强求改变的，就好像我们家几乎不吃面食，每每看到仍然进了垃圾桶的玉米皮，也只能遗憾一下，就随它去吧。

改变厨房的家电

1

我喜欢做饭，但一直很讨厌洗碗。做饭在某种程度上来说是种创作，日复一日地换着花样做新菜，时不时地招待朋友。今天的糖醋排骨比上次做的更入味，就让人很快乐。可能我所有的创作热情都在饭菜上桌的那一刻燃尽，之后持续起码半小时的用餐，在看到、听到家人或朋友的品尝和夸奖之后，我就已经把自己的状态调整到了"贤者时间"，这个时候考虑洗碗收拾的事，比再做一顿饭还累。

从前备菜时，因为不想多洗碗，切好的葱姜蒜分堆摆在砧板上，要下锅的时候单手抬起砧板，端到炒锅上方再用另一只手往下拨一堆。

其实这个流程完全没问题，只是如果同时要切别的菜，砧板就不能老被占用。而且厨房最脏乱的部分就是各种水渍和掉落的食材残渣，不想多洗碗付出的代价是做完饭得再花时间收拾地板。

有了洗碗机之后，我近乎任性地使用各种碗盘。猪肉切片，海鱼和活虾用厨房剪刀收拾掉内脏和虾枪，再加上葱头、姜片、蒜瓣，所有切好腌好的食材各归各位，全部摆在灶台旁边再不紧不慢地开始我的烹饪创作。每一个备菜盘都摆在顺手的位置，下厨的节奏疏密有致，很少再漏放，更不会手忙脚乱边找食材边烧煳了菜。两个人一顿饭，两荤一素，从备菜到吃饭用上十来个碗碟，加上舀调料的勺子、剪鱼虾的剪刀，我一个都不想洗，一股脑扔进洗碗机。甚至连炒菜用的锅铲都多买了两把，就为了在炒菜的过程中能少洗东西。

和其他所有的厨房家电不同，烤箱、微波炉、冰箱、燃气灶是储存，是烹饪，是劳动，只有洗碗机是在给人收拾烂摊子。最多不过半立方米的机器，却是烹饪和用餐动线的集中出口，在所有餐具都收进洗碗机之后，这顿饭就宣告结束了。

也和其他所有的厨房家电不同，洗碗机替代的是人的工作，在寸土寸金的厨房里，它并非一个必需品。烤箱、微波炉、冰箱、燃气灶，哪个出了故障，这顿饭都有可能无法顺利进行下去，但是洗碗机出现之前，现代化厨房的这几十年也运作良好。所以我很难代入并不经常做饭，或者正在紧缩装修预算的心态来讨论洗碗机的必要性，它不是非有不可，可它又确确实实地营造了整个厨房空间的余裕感。哪怕是忙到没时间做饭，也可以把食物从外卖盒里取出来放到自家的碗盘里，端坐在桌边，忙里偷闲假装从容地吃上十五分钟。这无关乎"生活的仪式感"，只是想让自己看起来更像是在好好吃饭，外卖只是一时的，生活不是一次性的。

我愿意洗碗机累着，它越累，说明被置换出去的本该由人完成的工作就越多。要是洗碗机接连几天都没动静，我就知道最近谈不上劳逸平衡，工作比重可能太大了。洗碗机的使用频次起起伏伏，临摹的恰是生活的节奏。

2

洗碗机这样不可或缺，我经常会想自己是否应该更迁就它一点。说来很奇怪，我对其他的厨房家电从没有过这样的情绪，但是洗碗机不一样，它处理不了的锅碗瓢盆还得再让我来。替它省事，就是替自己省事。

这似乎和所有的家电殊途同归，无论是更具有划时代意义的冰箱和洗衣机，还是普及时间更近的洗碗机和空气炸锅，人在利用工具，同时工具也在改造人。就像每天使用的洗衣机，为了避免衣物染色，我经常买相近色系的衣服。虽然洗衣机也可以处理真丝、羊绒材质，不过分开洗太麻烦了，统统换成纯棉的最不费心。

洗碗机喜欢特定的器皿：耐热，没有印花，形态单一，材质主要局限在陶瓷、不锈钢和玻璃。如果一摞碗碟能刚刚好嵌入洗碗机的每个格子，这无疑意味着最高效率的洗涤。设计灵动和不规则的器皿显然格格不入，家里的锅碗瓢盆和洗碗机的适配程度，取决于更多地选择效率还是选择彰显个性。

我现在会小心翼翼地试着往洗碗机里放入几只高脚红酒杯，位置要避开高速旋转的叶轮，旁边还不能放太多其他器皿，免得互相碰撞把酒杯给碰倒了。洗碗机运作一次几乎只为了洗酒杯，过程低效，但酒杯锃亮，我很满意。有时我也会买一些无法进洗碗机的木头或陶土材质的碗勺，用柔软的洗碗布擦洗之后，晾到干透再收起来。只是不甘心被洗碗机支配，想保留一点游离于现代厨房家电之外的情趣和闲心。

3

上一个科技迅猛发展的时代里，改变厨房的家电无疑是冰箱。夏天的冰镇绿豆汤，一年四季的速冻饺子，冰箱是百宝箱，也是安全港。它甚至有一种让人觉得食物能变得更美味的超能力，冰西瓜、冰啤酒可比常温状态的美味太多啦！

不过在很多人的记忆里，冰箱早早就在家里存在了，它是生来就有的，很难想象一个没有冰箱的厨房要如何运作。

小时候家里买菜方便，蔬菜和鱼肉大多吃新鲜的，当天采购当天消耗，第二天再换换口味吃点别的。但水果和鸡蛋非常需要用冰箱来保存，没有人会只买两个橘子、两个鸡蛋。且不说水果和鸡蛋买得越多越便宜，它们的消耗量也无法被提前决定。满满一屉的小橘子，放得越久表皮越干，吃起来却越甜。等这一屉小橘子吃完，咂摸着觉得没吃够，一箱新鲜的小橘子又在家里出现了，橘子皮像打过"水光针"一样饱满新鲜，它们会再进冰箱经历一个轮回。

　　采购的食材分量越多，就越需要冰箱来分担储存。我第一次去北方朋友的家里，惊讶地发现他们家除了一个正常尺寸的单开门冰箱，居然还并排摆着一个独立的冰柜！这种冰柜在我的印象里是在小卖部放冰棍用的。冰柜深不见底，满满的全是分割好的牛羊肉和几斤重的大鱼。朋友一包包地往外掏给我看，每一包的分量都很大，照我们南方人的标准，都够全家人吃上一礼拜的。不过包装却说不上细致，塑料袋套着塑料袋，每袋肉看起来都差不多，外面也没有任何标识。有些因为保存时间太长，塑料袋已经紧紧地贴在了肉上，隐约可以看出最外面一层的肉质失水发白，吃之前得削掉一点才行。

这些牛羊肉和鱼大多是过年的时候攒下来的。牛羊的宰杀并不频繁，尤其是有些品种的羊生长缓慢，养上两三年的羊别具风味，但并不是随时都能吃上。鱼会跟随河流被冰封的季节沉入冰下，凿冰取鱼是现代人打破季节封印的行为，把打捞出来的鱼从大自然的冷冻柜移到家里的冷冻柜继续保存。将食物分门别类存入冰箱的时候，心情一定是很珍视的，要靠着凝固了时间的食物度过现实中的漫长寒冬，一直等到春暖花开。如果家乡的坐标更靠北，连阳台、院子也一并是冰箱的延伸，再多的鱼和肉都能挂在屋檐下冻着。虽然这些地方的物资没有南方丰富，好在大自然提供了天然的解决方案。

4

现在无论种植业、养殖业还是物流都发展

了，很多食物不再有太强的季节限制，电商平台和物流也打破了空间的约束，在更大范围内已经实现了一种食物的调配。即使如此，很多人可能还是会考虑容量更大的冰箱。城市在变大，从前住处附近星星点点的菜市场被需要驱车前往的大型批发超市所替代。批发超市里靠近冷冻柜的区域异常地冷，里面包装好的大虾、肋排和牛肉，不仅有清晰的名称和成分标识，还塑封得密不透风，远不是家庭厨房拙劣的塑料袋可比的。时间被凝固的感觉在此处愈发强烈，它们看起来好像不会坏似的。

采购食物本来就是一种人类原始的狩猎本能，大冰箱方便进行大批量的购买和囤积，基础的生存需求被满足了，就不必再花太多的时间精力在这件事上。

冰箱内部环境极其干燥，食物会以非常缓慢的速度失去水分，看似被冰箱冻结的食物，实际上正在慢慢地失去口感、活力和生命力，这是冰箱的工具性缺点。用冰箱保存食物，是最基础的使用方法，对冰箱稍作了解，可以获得一个巨大的可操作空间，利用得当的话，几乎可以完成一次烹饪的预处理。

　　比如有些冰箱有更精细的调温空间，或者在冷藏柜的某些储存抽屉里可以做到低氧、恒温、恒湿且相对密封。如果把冰箱冷冻柜里的猪牛羊肉挪到冷藏柜里缓慢解冻，在足够低温的安全环境下，肉里的冰晶慢慢融化，同时也最小程度地避免了肉汁流失。带皮的五花肉、猪肘、鸡腿排甚至可以利用这样的干燥环境，放在冰箱冷藏柜里静置风干，让它们轻度失水之后再进行煎烤。这和中餐烧腊里制作"脆皮"的步骤有异曲同工之处，依靠这个方法，自己在家也能做出好吃的脆皮猪肘。还有些习惯吃"生腌"的地区，餐厅会把野生虾蟹和腌料拌匀之后冷冻起来，过上几天再开封，在半解冻状态下上桌。这样的生腌半化不化，口感宛如冰淇淋，非常奇妙，也确实规避了一些可能的食品安全问题。不过商用冰箱的制冷速度更快，温度也更低，自己在家就不建议这么操作啦。

洗碗机、冰箱和没提到的烟灶、烤箱都算是厨房大件，购买厨房大件的决策几乎是一次性的。在反复斟酌之后购入，也容易因为尺寸或功能不合心意而后悔，却很难下定决心在没坏的时候就换一个。大型厨房家电像是定海神针，如果它可依赖，就能帮助这个厨房稳稳当当地继续运行下去。在厨房台面上点缀的各种小家电又不同了，小家电尺寸小，价格也相对没那么贵，是更容易迭代的。

小型厨房家电的功能大多更细化，某一个小家电或者小家电的某一个功能，通常都能准确地替代一种厨房家务中让人痛苦的重复性劳动。

比如剁肉，电影《饮食男女》开头里，郎雄那种抑扬顿挫的剁肉节奏，是因为熟能生巧而生出美感。和老师傅成竹在胸不同，我最讨厌剁肉。剁肉要先把三分肥七分瘦的猪肉切成条和丁，再七分切三分剁轻轻剁碎。剁肉有那么一股子巧劲儿，不能烂如泥，可该断的筋膜也要断掉。小时候家里的刀不快，砧板还容易掉木屑，如果要剁馅准备过年炸的肉丸子，那可真是个大工程，甚至得换几次人上阵才能做成。所以剁肉在我心里就是最麻烦的事，连带着蒸肉饼、炸丸子、包饺子这些需要用到肉馅的，都是最有技术含量的菜式。

妈妈嫌猪肉铺的绞肉机器脏，绝不肯在肉铺让人代绞肉馅，直到能绞肉的搅拌机进入家庭厨房之后，她才大大地舒了一口气，这可轻松太多了。虽然搅拌机制作的肉馅容易流失肉汁，吃起来发干，但妈妈会在肉馅绞好之后打半颗鸡蛋进去，弥补一些润滑的口感。小家电就是厨房里多出来的半个劳动力，无法尽如人意，但幸好有它。

微波炉、电饭煲、搅拌机、面包机、厨师机、咖啡机、电蒸锅、破壁机……这些小家电在不同的年代里分别占据着我的厨房台面。我的厨房一直不大，所以总是被迫在局促的空间里不断地进行确认和精简：在爱上了土锅焖出的松软米饭之后，没再用过电饭煲；开始自由职业之后，把微波炉从家电清单里剔除了，吃速食和外卖的时候变得没那么多，少数需要加热的时候就交由锅子完成吧；电蒸锅的火力不够大，但我又很喜欢吃蒸菜，于是在新家的厨房里果断安装了一只嵌入式大蒸箱，把小家电升级为大家电。

我很喜欢这个不断确认的过程，它让我觉得自己和厨房的交流更充分了。不是单方面把所有东西都扔给厨房，我也可以有自己深入的一部分。

6

可能大部分人和我一样，无论厨房有什么又有多少大大小小的家电，冰箱总归是储存食物的核心空间，灶台更是进行烹饪的关键所在。也因为传统家电的技术革新很缓慢，可以把食物冷冻保存，和可以把食物放在零下十八摄氏度或是零下二十五摄氏度保存相比，前者像是一个神话，后者却可能没什么明显的体感差异。如果有一些革新类的厨房技术，倒是会让人眼前一亮。

低温慢煮的机器就很神奇，它的基本原理

是把食物放到一个塑料袋里，抽真空密封之后，在五十摄氏度到八十摄氏度的温度里花上数倍于平时的烹饪时间来慢慢煮。真空通常会搭配腌渍步骤使用，真空密封后腌渍的牛排更入味。如果腌渍的是蔬果，因为细胞壁破裂，风味同样会更澎湃。低温慢煮约等于缓慢而均匀地受热，不同的食材各有其适配的空间，可以在更精准的区间里找到自己想要的口感。现在低温烹饪的技术和逻辑是专业餐厅的重点培训项目之一，而家庭厨房利用这个原理慢煮牛排之后再高温轻煎表面，口感也能达到十分稳定的外焦里嫩。

如果说传统菜市场和生鲜电商平台的区别主要在于，经常到了菜市场之后看什么菜新鲜再决定今天吃什么，而使用生鲜电商平台一般得先想好要做什么菜，再去平台上一起凑齐下单，那么厨房家电也一样，它们早就不仅是厨房的辅助，已经逐渐在更大程度上决定了我们下厨的想法和整个厨房的气质。

甚至有一次有位读者问我，她日常工作太忙，又想吃点健康干净的食物，准备试试利用周末的空闲时间备好一周的肉菜，炖一点、烧一点也腌一点，分别冷冻之后带去公司当午餐。炖好和烧好的肉可以在周末和每周的前两天吃，腌好的生肉在每周三、四、五的时候利用空气炸锅来简单烹饪。还有不方便提前准备的绿叶蔬菜，能不能每天早上用破壁机打成蔬菜汁带出门呢？起码能保证基本营养。

比起替代厨房里的一部分工作，这几乎是把厨房家电发挥到极致的应用了，要是没有空气炸锅和破壁机，她甚至无法规划这样的生活方式。在厨房使用的家电，也在改变着厨房。

食物的仪式感

1

对于一个从小过生日都不吃生日蛋糕的小孩来说，在很长一段时间里，我都不知道食物的"仪式感"意味着什么。每一天好像都是同样寻常的一天，起码从餐桌上看起来是这样。年夜饭当然会格外隆重且正式，只是相对平时简单却也不凑合的饭菜来说，这份隆重更多地意味着全家人不停的忙碌和劳作，而非多么难得的美味。何况年夜饭餐桌上缭绕的烟雾最终会盖过食物冒出的热气，给叔伯们高谈阔论的历史政治话题加上了一层滤镜，食物不如相聚本身的意义重大，可能大人们比我更期待这样的氛围吧。

如果仪式感意味着这个时刻与其他时刻不同，又让人有所期盼，那我小时候最喜欢的仪式感食物是每年寒暑假去奶奶家那趟绿皮火车上的盒饭。二十世纪九十年代，火车上的盒饭绝对算不上好吃，乌糟糟的米饭毫无弹性。不过盒饭里会有一小份爸妈平时不让我吃的辣椒萝卜，那种略带酸味的生辣感正好可以冲淡车厢里讨厌的气味，和绿皮火车正适配。

列车员刚叫卖的时候，一份盒饭要二十块左右，熬过两三站，盒饭就慢慢降价到五块钱。从爸妈的角度来看，说不上好吃的饭菜搭上点咸菜，也就五块钱这个价格还能接受。掐准时间在价格落到低点却又还没售空的时候买好，这就是我半年多的念想。偶尔有两次因为爸妈"抄底"失败，没买到盒饭，我到了奶奶家有点不开心，想回去再坐趟火车，把这小小的仪式感给补回来。

我潜意识里总觉得制造仪式感是件挺麻烦大人的事，如果过生日闹着要订一个生日蛋糕，太花钱且不说，爸妈应该会苦恼要不要顺便邀请亲朋好友来吃顿饭，蛋糕吃不完又要作为早餐在冰箱里存放多久。这么比起来，绿皮火车上的盒饭比生日蛋糕省事多了，是那种无须太多心理负担就能获得的快乐。

现在的高铁当然比从前的绿皮火车要快很多，也可以在想吃饭的时候预订车站附近的快餐送到座位上，价格更不会有任何变化。在如此现代化的交通工具里，偶尔也还是会看到有人像春游一般买齐各种卤味小吃，甚至还会配上两瓶啤酒。我隔着座位都能感受到他的雀跃，在一段并无惊喜的旅程里，仪式感就是自己为自己规划一些令人安稳的与众不同。

后来我和同龄人聊起那个年代的绿皮火车和火车上的盒饭，显然不是所有人都有我这样的美好记忆。大家更容易想起绿皮火车上那标志性的气味，混合着泡面味、活禽味、车厢连接处的烟味和来不及打扫的卫生间的味道，现在回想起来都令人隐隐反胃。只有我这种平时不坐火车的孩子，偶尔坐一趟不长不短的路程，刚好处于期盼的情绪消失殆尽之前，新鲜感尚存，还来不及哭闹，就留存了这么一段美化过的回忆。

2

我爸妈都是毫无浪漫主义情调的人，他们计算日常开销，在意买来的东西实用与否，但凡受邀去了亲朋家里的庆贺活动，总要想办法把这份人情给还上。平时在他们的悉心安排下，家里的一日三餐已经足够丰富且花样繁多，想吃的新鲜东西都会尽量满足。我看着妈妈每天在台历上记账，买菜买肉都在预算范围内，但如果哪天突然要买大桶的油或者换个新燃气罐，支出就会陡然增高。无论是油还是气，大宗开支肯定会在后续的日子里慢慢拉平，只是看到的刹那还是会无端端有点紧张。所以在日常生活非常充沛的时候再额外要求些什么，别说爸妈会觉得为难，孩子自己都不敢有想法呀！

小时候当然会觉得过生日不吃蛋糕很可惜，好在同龄玩伴的生活环境都差不多，是下午上课闻着同桌的衣角就知道他午饭吃了什么菜的程度。不会特地过生日的孩子不止我一个，蛋糕更是大家都没法想吃就吃的矜贵东西，无处攀比，心态也就比较平和。哪天要是谁真的带个生日蛋糕去学校，应该全班同学都会围着他转吧。这样略显闹腾地过生日还是太张扬了，早就被我暗中边想象边嫉妒地否决了。

我搜刮了自己所有的记忆，确认除了生日蛋糕，家里也很少围绕食物做什么特别的事。日子刚刚宽裕一点，也只舍得多吃几次贵一点的牛肉和鳜鱼，食材上增加的支出总归是有限的。有长辈出差带回速溶咖啡和西餐刀叉给我，把玩的时候觉得很新奇，但因为和家里的饮食习惯格格不入，没过两天就会被收入橱柜深处。他们自己更不常添置新的厨具和器皿，从小到大餐桌上都是同一套碗碟，如果碗碟也论年纪，估计只比我小五岁。我看着电视里的泡面广告馋得不行，爸妈倒是会给我买回一包试试味道，只是碗装的泡面和袋装的味道一样，就不必花那个冤枉钱买碗装的了。但我就是想用一次性的泡沫碗来吃泡面啊，哪怕泡面包装里的塑料叉子绝对没有家里的筷子趁手，叉起泡面时还要担心溅起的油汤，可这种粗陋感才是泡面的精髓。

或许是因为那会儿还没有社交网络，无从

得知其他人是如何生活的，没有比较，也就没有太多不满。爸妈的生活态度是一以贯之的，每一天都认真在过，平实但不凑合。我和食物之间的关系在这样的细水长流中被夯实，以我目前的年纪往回看，让我和食物再这样相处几十年，我也愿意。

3

2014 年前后，有段时间我工作特别忙，朝九晚八，周末也经常加班。那几年北京的雾霾比现在厉害很多，天气很阴沉，生活也没什么盼头，心情由内到外都很灰暗。

我开始逼自己起得更早，想办法每天换着花样做点不太耗时的早餐，既能以此满足下厨的欲望，又能在单调的生活里找点乐子。每天把摆好盘的早餐端上桌的时候，我会记得拍照分享到微博上。除了家人，还有很多陌生人带来正反馈。其间当然也有人说不就是顿普通的早餐，有什么好每天发的？但这个小小的点亮我生活的项目得以坚持了好几年，还是要归功于社交网络。

被压抑的情绪导致我的早餐看起来有些匪夷所思，除了正常的面包、牛奶、皮蛋粥，我有时候会提前两天在加班回家之后花上一个多小时熬汤，炖浇头，存在冰箱里，再在第三天早上煮上一碗米粉。甚至还在早餐吃过煎牛排，没办法，没有别的时间可以做嘛。有时候仪式感是苦中作乐，是缺什么就盼什么，哪怕在其他人看来有些做作和刻意，确实就是这样。

可能有人有过这样的经验：在一片混乱的工作进程里不知道如何下手，把熟悉的游戏找出来打两把，思路就莫名其妙地理顺了。或者是妈妈把自己堆得狼藉的写字台收拾整洁之后，反而不知道要怎么开始写作业，非得再把写字台弄乱不可。别人眼里的"乱"，在自己心里却很有数，这种秩序感是很私密的。食物就是这样一个我再熟悉不过的生活环节，自己做自己吃，可以和其他人完全不建立联系，单单是做道确定的菜就让人很心安。

我还买了很多从前没见过的器皿，不同形态不同深浅的碗盘和勺子，体会不同的碗适合装什么样的菜。这些经验都是从前没有过的，很新鲜却也很珍贵，异形的碗碟不方便收纳，妈妈一定不会让我这么干。后来哪怕是从涮肉店买回来几份肉，我也坚持把肉从塑料盒里取出来重新装盘再上桌。肉不会变得更美味，多半是徒增了洗碗的烦恼，但也只是想用最小的成本，求一个安稳吃饭的姿态而已。

4

仪式感的反义词是日常，每天都经历的事情不会觉得它有什么特别。偶尔才能经历一次的体验，确实因为仪式感而让人记忆深刻。

和我先生第一次去欧洲旅行的时候，我们把行程安排得舒缓闲适，还特地预订了一家米其林餐厅。十几年前高端西餐在国内还不算特别普遍，顶尖餐厅更是凤毛麟角，在我们的日常生活里也不是一个能频繁尝试的东西。预订米其林餐厅的时候也没有特别当回事，旅行嘛，就是准备花钱吃好玩好的，看看环境和价格，在网站上确认就可以了。直到走到餐厅门口被拦下来，我们才意识到应该为了餐厅的行程专门准备一套正装。

餐厅侍应生对此类事件有成熟的应对方法，先生套上又肥又大不知道多少人穿过的西服，倒是也安稳地在桌前坐下来了。陌生的西服壳子像是个奇妙的结界，那一刹那用餐氛围有了微妙的不同，可能也因为周围的装潢和语言环境都是我们不熟悉的。这种半拘束半兴奋的精神力量被集中投射在面前的餐盘，我们格外认真地观察和品尝了每一道菜。两个多小时的用餐时间既快又慢，夕阳投射在窗外的湖面上，身体各处也同时被食物的余晖温柔地照耀到了。

这次的体验余韵悠长，让我至今还保留了不管去哪里旅行都要特地安排当地知名餐厅的习惯。现在去的很多餐厅都比当时的要好吃，满足感倒不一定比得上。人类天然就知道应当如何取悦自己，随着取悦的预期拔得越高，达成结果的时候反而容易怅然若失，并不尽兴。喝酒也是一样，曾经在酒杯里摇来晃去却一直舍不得喝下的最后一口葡萄酒，在又有机会买到同地块、同年份的一支之后，以为可以尽享整瓶的变化，结果怎么醒都不是那个滋味。

这种体验感并不完全由餐厅的美味程度所决定，而在于那种贯穿始终的珍而重之的情绪。就像从前请客要出门下馆子，在经济状况普遍没那么好的时候，愿意花钱去外面吃饭意味着对对方的重视。而现在餐厅百花齐放，大家也不缺出门吃饭的钱，特别重要的朋友反而请来家里亲自招待，舍得花时间花心思自己筹备才最难得。仪式感并不是恒久不变的公式，它是缺什么，就想尽力达到什么。

我们家大概还是彻头彻尾的实用主义，多年前爸妈给我操持回门宴时，最花心思的环节就是在各大酒楼试菜。在我的坚持和爸妈的默许下，这场回门宴既没有气球和红毯之类的装饰，连妆发都是我自己乱弄的，简直说得上"潦草"。唯独被全部宾客一致称赞的是：菜非常好吃。不知道宾客们有什么想法，但我们全家都很自在，连我先生在敬完一圈酒之后都坐下来吃个不停。回想起来也是温馨多过遗憾，爸妈对我的疼爱是顺着我的意，不管什么时候都吃得好好的。

后来我在家做饭宴请朋友，琢磨最多的也是如何把珍视的情绪体现在"家宴"里。用鲜花桌布来装点餐桌再搭配佐餐的轻音乐，在形式上先做到位当然是很好的，只是对从小就没什么仪式感的我来说，想到这些需要提前打理的姿态，自己就先紧张了起来。何况形式感随着物资逐渐丰富也可以一并变得充盈，它不是真正缺失的东西。

我更擅长和更在意的，还是此时此地让我的朋友们吃得更好一点。做家宴的时候，我一般会同时考虑有什么食材正当季，朋友又有什么忌口，还有什么菜是他们曾经提起过，却还没来得及尝试的。把日常的观察默默记在心里，让他们吃到菜就有惊喜。当我给我的东北朋友做了她经常念叨的南方丝瓜和儿菜之后，她当然会兴奋地跟我念叨她是怎么喜欢上这些的。

5

时至今日，在笼统地提及"仪式感"三个

字的时候，我仍然没有想起太多关于生日和纪念日的特殊回忆，我还是会把自己归类为没有仪式感的人。不过对于食物、对于和食物有关场景的情感变化，倒是数得出来的。这些可能不仅仅是一次关于蛋糕和红酒的描述，而是关于食物在整个生活中充当的角色，它并不限于此刻。

我小时候并不太喜欢过年，作为每年最大型的家庭聚会，大部分家庭在过年时都有固定的流程和菜式。全家人分工协作，提前半个多月开始慢慢筹备年货，在超市熟悉的背景音乐里排队买一些每年都会买的饮料和零食。只是年复一年地重复，小孩子在新鲜过几次之后也就没什么兴趣了。我们家的年夜饭可以说得上丰盛，不过我猜可能和所有人家里的情况一样，随着日子慢慢变好，确实再也没什么食物是稀缺到非得过年才能吃上的。这又愈发削减了过年的魅力，在一家人围在一起忙碌的画面中，人慢慢变少，菜也精简了，最后干脆出去吃一顿更省事。

随着年纪渐长，叛逆情绪也慢慢滋生。除

了厌烦每年都差不多的过年流程，也很难再忍耐长辈们对成绩、工作和各种隐私问题的询问。年轻人对于不擅长处理的问题只想逃避，平时在外地生活打拼已经很苦了，自家人一年到头也见不了几次，在这种热闹的氛围里根本无法从头诉说平时的不易。那几年过年的时候我总是躲在角落里玩电脑或玩手机，熬到回北京上班的日子才觉得从"不得不"的煎熬里解脱了出来。

如果所处的环境发生了变化，对过年的情感当然也会扭转。留学生对年的渴望最明显，尽管小时候觉得春晚是什么土味大联欢，人在国外，腊月里就开始摩拳擦掌地把所有朋友吆喝到一起，年三十晚上一起在熟悉的电视背景音下包顿饺子。不过对于长期生活在类似环境里的人来说，过年是一种渐弱式的重复，割舍不下却又让人疲惫。

我这几年才开始重新思考，年到底应该怎么过。还是个孩子的时候，开开心心地讨要压岁钱和多吃年夜饭餐桌上的饭菜就是正经事。度过叛逆的青春期和刚刚毕业工作的不稳定，现在我离开湖南老家的时间已经远远超过了在家的时间，变成了一个操持家里大小事，尤其得负责掌勺年夜饭的大人，无论年纪还是心态都和以前完全不同了。

以前的年能过得热火朝天，几乎都得益于我们能干的父母。大家庭在过年期间乐此不疲地聚会，不仅因为这是一年到头难得的休息，能一起热热闹闹地吃上平时舍不得买的大鱼大肉，还因为他们个个都是生活能手，和同为壮年的兄弟姐妹齐心合力，就能做出一桌足够十几个人吃的丰盛饭菜。等到了我们这一辈，别说做年夜饭，连日常的家常菜都觉得头疼。在这种心情下再回忆起从前的年味，除了感慨父母不易，也知道现在的过年无法区分于日常再高于日常，回不去就是回不去了。

等我在北京有了自己的家，并且有余力把爸妈接来过年之后，在我的坚持下也过了一个"反传统"的年。年三十的中午，一家四口照常吃了三菜一汤，在无所事事的氛围里挨到了晚上，我实在是不想再做一顿肯定得剩下不少的年夜饭了。爸妈年纪大了，也不适合晚上吃得负担太重，随便吃点中午的剩菜，再看会儿春晚就分头休息吧。过年嘛，其实和平时也差不多，何必扰乱作息呢？

我爸还兴致勃勃地发了条朋友圈，配上剩菜的照片，说这么过年也挺特别的。可能因为被老朋友们挤兑得太多，等我第二天想去看看亲友们怎么回复的时候，这条动态已经被删了。当时只觉得好笑，心想今年是过得简单了点，下次也可以出门旅行，每年换着不同的过法也不错。殊不料那就是我爸最后一次和我过年，早知道如此，我肯定……我也想不出如何重过这个年，怎么隆重怎么来吧。

我们在餐桌上聊些什么

1

我坐在汕头一家居民区的"促肉粿条"店里，听老板和熟客用浓浓的"潮普"聊天。这家店在居民区的一楼，因为半年前在纪录片里小小地火了一把，来的客人一半是附近的熟客，一半是我这样的游客。我已经来吃过好几次了，每次进门第一件事就是观察冰柜里摆放的食材，从盛夏到深秋，冰柜里一直摆着常见的小海鲜和各色肉丸，再搭配不同部位的新鲜猪肉。客人们选好想吃的食材，老板会用类似汆烫的方式，把肉和海鲜煮到九分熟而不过火的分寸，加上蔬菜、主食和早就熬好的汤底一起端上桌。店里的风扇呼呼作响，老板永远在切肉备料。这种店的出品一般都很稳定，老板和熟客之间可能早就有了一份无须点单的默契。

老板忙碌的时候眉头拧得很紧，我觉得他应该不凶，只是面相有些严肃。我想简单采访一下他，又怕忙中添乱给人问烦了，得先试试老板好不好说话。我的问题很多，观察老板手上活儿不忙的时候就扔一个给他：

"今天的猪肉是几点来的啊？"——我想摸清老板的拿肉规律。

"你最推荐哪个部位啊？"——我想知道老板和我对猪肉的喜好是不是一致。

"两层肉*没有了欸，我想吃这个的话明天要几点来哦？"——最紧俏的猪肉部位，意味着老板的拿货能力，也意味着店里的客流情况。

"这个车白（文蛤）也是今天的吧？"——海鲜一定要新鲜啊，海鲜的新鲜度也约等于客流量。

最后我知道了这家店早上和下午各来一批

---

*　在广东、福建等地区更容易见到的猪肉分割方式，是大里脊和猪皮之间很薄的一层猪肉，肉质软嫩，自带雪花，非常抢手。

新鲜猪肉，老板上午把新到的肉全部切好摆放整齐，午后稍作休息。店里的猪肉部位并不多，但都是老板精心挑选且深受老客人喜欢的。老板喜欢的汤底风格比较清淡，哪怕有不少客人提过意见，希望汤底味道再浓郁一点，他也认为清淡二字最耐吃。不过也稍微妥协了一下，用不锈钢备菜盆装了一小盆"金不换"（也叫九层塔或罗勒），方便喜欢这一口的客人们自取。"但我觉得不加更好。"老板自己又小声但坚定地说。

不知道像我这样和老板聊天的游客多不多，说实在的，换成我是老板可能都会有点不自在，吃就好啦。好吃的餐厅我就是忍不住想多问问，旁边的熟客阿姨就随意得多，我猜她每次来都是"照旧"，照旧的部位，照旧的火候，照旧的配料。

等我终于吃上了自己的这碗"促肉粿条"，熟客阿姨和老板的聊天话题已经从最近的菜价过渡到了买西瓜。阿姨赞美最近的西瓜爽脆清甜，叮嘱老板得多买点吃，等进入农历七八月，西瓜的味道就会越来越淡了。

这一天是盛夏里寻常的一天，街上和屋里都热得要命，灶头上的汤底还一直熬着，靠着有限的柜式空调和老电扇根本降不了温，但我觉得可太舒服了。

2

不管是和餐厅老板还是和服务员聊天，有时候在吃饭之前就会被气饱。点的菜分量大到吃不完却不提醒，食材已经不新鲜了还非要推销，指着菜名问服务员，问做法、问分量、问口味，一问三不知。越是大城市的连锁餐厅越容易出现这样的问题，大家都是打份工，服务员可能比客人的流动性还要大。我也理解不愿意在这些餐厅和老板或服务员聊天的人，饭菜和人都像是流水线上的机器，来了就吃，吃完就走。

无论互联网怎么发展，吃饭总是一件需要身体力行的事。除了饭菜更热乎更好吃，不得不在餐厅里进行的社交活动，是堂食和外卖的最大差异所在。如果把所有需要和人打交道的环节全部简化成自动化的点餐、询问和买单，效率一定会提升，可堂食的意义就失去了一半。

也不是非得像社区小店一样聊些家长里短才是合格的人情味，和现代社会的邻里关系一样，这个聊天的尺度也不大好拿捏。虽然我也非常享受溜达着经过小区门口的社区店就能和老板寒暄几句的感觉，但要是哪天不想去这家店吃饭买东西了，也得想办法闪躲过老板拷问的目光。

我仔细琢磨过我在哪些餐厅里爱和人聊天，好像和餐厅的价位环境都没有直接联系，关键在于老板或服务员是否足够了解自家的食物。如果"交流"的感受大过"服务"，经常就能给这顿饭带来出乎意料的体验，否则的话聊天难免一板一眼，几个来回里定下这桌菜就算结束。

和浙江宁波的一家海鲜大排档老板聊天，跟其他宁波市区餐厅偏好就近采购舟山港的海鲜不同，这家店里的海鲜大多来自象山石浦，少数才是舟山港的。老板自己就是象山人，他认为象山港口的海水盐度更低，那里出产的海鲜肉质更细，风味更甜。我后来特地找了一天，凌晨三点半起床跟他跑了趟象山港的海鲜市场，眼见为实。

和湖南浏阳的家常土菜馆研发聊天，他们餐厅的菜式乍一看都十分家常，是这个地方家家户户都会做的味道，偏偏每一道都比家里做的好吃那么一点点。问起诀窍来还什么都愿意说：新鲜菌子要先炒掉水汽才出菌香；腊味要用热水浸泡拔盐而不能开火煮，不然冷烟熏出来的香气也随着咸度一并流失了；白菜是在屋外挂了两天才掰开了炒的，风干的目的是让味道更浓缩。听得我连连点头，不知不觉多吃了两碗饭。

3

无论是食物本身还是吃饭这件事都太过日常，反而经常变成聊天的背景音。和朋友们、合作方约着聊聊的时候顺便约上一顿饭，这顿饭本身并不重要，重要的是饭桌上要聊什么。如果要聊的事情比较正式，服务员最好还得有些眼力见，适时地上菜、添加酒水和收拾桌上的残渣，尤其注意不要打断客人之间的谈话。

说起来我们国家的饮食文化总给人一种很

矛盾的感觉，明明对食物非常重视，一说起来就是"民以食为天"，有传统有创新，吃得既宽阔又深厚。要说谁不讲究吃，对方一定暴跳如雷，仿佛侮辱了他的生活品位。可我们很少会花两三个小时吃顿饭，除非这是一个饭"局"，有商务或社交的需求。

吃饭能让人放松，觥筹交错之间起任何话头都容易一点。道理我都懂，只是难免觉得可惜：餐桌本来是和食物距离最近的地方，在这里会聊任何事情，却唯独不聊食物本身。如果说这种吃饭的场合本来就是为"正事"而存在，餐厅只是场所，吃饭不是目的，当然也没什么不对。但是和朋友聚餐、在家吃饭的时候，为什么食物也很难在聊天中分得一些角色呢？食物不是非得是生活中重要的一部分，起码可以是重要的一部分。

我猜还是因为我们能坐下来好好聊聊的时间太少了。好不容易见个面，想和久未相逢的朋友聊聊近况，和闺蜜们聊聊感情生活，和工作伙伴聊聊最近的创作想法，对于桌上的食物感慨一句好吃或者不好吃就已经算是认真对待了。小时候之所以能在餐桌上有时间和爸妈聊起食物的来源和美味，盼着初夏的第一茬空心菜，为冬季每一根水分充足的白萝卜喝彩，归根结底还是因为那会儿的生活节奏不快。

今时今日，虽说餐桌仍然是现代家庭最重要的交流空间，但早餐来不及悉心准备，午餐基本在外解决，晚餐时间被堵车和加班挤压得所剩无几。吃饭只是营养补给，吃完饭还要快点写作业和出门去补习班。一旦留给食物的时间越来越少，谈论食物的空间就会被压缩得更厉害，今天和昨天叫的都是同一家外卖，有什么好聊的呢？

我在潮汕吃牛肉火锅，观察本地人可能往煮着萝卜或苦瓜的汤底里下牛肉，无论店有多大，姿态和节奏都是差不多的。牛肉不会在笊篱里堆砌，必定是薄薄一层，保证每片肉的边角都能均匀受热。汤底绝不会沸腾，保持着"蟹目水"的火力可以保证肉在入锅的一瞬间，最外层不会被过高的水温烫过头。外地潮汕牛肉火锅店标识的各部位涮肉时间毫无参考意义，本地人从来都是"三起三落"，刀工均匀的新鲜牛肉贴着笊篱入锅，稍微氽烫到变色，马上提起来沥掉可能析出的血水，如此重复三次。关键是桌上的人总能分出一丝注意力在牛肉上，三起三落已经变成了一种直觉，无论本来在聊什么，手上涮肉的功夫绝不会错。

在餐桌上聊食物，起个话头容易，能聊下去很难。这太像是吃火锅了，总有一些小小的食材像聊天的话头一样，在火锅里煮着煮着，一不留心就再也捞不着。除非桌上的人都对分出精力来关注食物有所共识，像笊篱一样默契托举，食材才能在最佳状态入口。

4

少数还愿意坐下来聊聊食物的人群，可能也正在逐渐失去一种描述食物的能力。或者换个说法，当社交媒体的语言习惯和传播效率反向渗透到了现实生活之后，无论是褒是贬，评价食物时使用的形容词都越来越单一了。

从选择餐厅开始，就已经不可避免被社交媒体所影响。在社交媒体上使用的文案和生活用语是有区别的，文案需要在第一时间抓住眼球，难免会比较夸张。比如社交媒体上言必称某某菜和某某餐厅是"天花板"，是"网红餐厅"，这种形容高调但空洞，用以转述来询问朋友是否对这家店感兴趣的话，就会觉得张不了嘴。

形容食物也是一样，明明可以用更细致的方式来拆解食物的口感和风味，却都不假思索地使用了最简单粗暴的说法："这个酱汁蘸鞋底都好吃。"所以是何种好吃呢？是若隐若现的辣还是会有回甜呢？这种酱汁和其他酱汁又有什么区别呢？甚至会出现"Q弹软烂"这种本身就自相矛盾的形容，Q弹和软烂的口感怎么会同时出现呢？

单调或夸张的词语被社交媒体的流量证明了好用之后，就会一次次地被重复。既然轻松易懂有效，有什么道理不用呢？要干涉别人如何说话确实显得太过多事，但缺乏足够丰富的语境刺激，形容词就会趋向扁平，聊起食物来也免不了干巴巴的。

比起图片和文字对食物的表达，在短视频兴起之后，关于食物的描述更多地集中在了视觉画面上。观看视频比阅读文字更省力，颜色鲜艳的食物被堆砌在一起，本身就无须更多语言来修饰。在这种画面里，食物呈现出了一种动感的状态，夹馅流心的，正在融化的，堆得满满马上就要溢出来的，眼睛和大脑接收到的刺激非常直接，很痛快！现在就想吃！但不像从前的美食散文或评论那样需要用心回味，嘴里吧唧一会儿，却没什么想说的。

还有很多很多时候，我们一起吃着饭却什么也不说。各自握着自己的手机，处理工作，看看视频，无意识地刷着社交网络。这个时候我又觉得，哪怕不聊食物呢，放下手机说点什么都行。我们已经把真实的线下生活让渡了太多给线上，现在连吃饭也快变成维持生命体征的活动，食物不再带来情绪、生机和美，活着就只是活着。

我们的预制生活

1

多年前，在麻婆豆腐料理包、梅菜扣肉罐头和冷冻日式烤鳗鱼刚刚出现的时候，所有人都长舒了一口气，下厨做饭终于变得不那么费劲了。我还记得去四川同学家里玩，叔叔取出一袋某品牌"重庆鸡公煲"的调料包来做麻婆豆腐。看起来货不对板，但他认为这个里面的调料配比最符合他们家对麻婆豆腐的喜好，还不用自己剁郫县豆瓣，只要在调料包加水煮开之后多"笃"一会儿，豆腐入味了就肯定好吃。

我无法想象回到食材不经任何预制处理的年代，干菌菇的沙子多到洗不干净，必须自己剥每一枚豌豆荚，速冻的鱼和海鲜在解冻后还需要再清理腌制。预制步骤在食材处理的每一个环节中都有可能出现，一旦习惯就再也无法忍受从前的不便利。广义的预制菜让下厨过程变得干净便捷了许多，甚至还能炫技，像宝塔一样造型的红烧肉自己可做不出来。

在超市挑各种新品料理包的时候也确实很开心，有些菜需要的配料太多了，别说凑齐原料麻烦，还搞不清比例，不如直接买现成的料理包，总比自己偷工减料做出来的更像那么回事。今天卤肉饭明天鱼香肉丝饭，挺适合换着口味吃的。事实上直到今天我也总是分不清各种预制菜的定义，有些是开袋即烹的原料组合，有些是加热即食的料理包，在看到包装的那一刹那觉得它应该挺好用的，于是就买了。

新东西总是好东西，世界就是这么发展的。我猜有很多人和我一样，在很长一段时间里都对各种经济便捷的预制菜跃跃欲试。确实很方便啊，比自己做菜的成本低、味道好，重要的是随用随吃，几分钟就能端上桌。

是哪一刻开始对预制菜避之唯恐不及的呢？是在餐厅里点了菜，结果和自己偷懒买到的料理包一个味；是同类餐厅的菜单越来越雷同，同一道菜在不同的店里吃起来一模一样，连辣度都没有差异；是预制菜越来越多之后，非预制菜越来越难找了。

这一切甚至无迹可寻，每天吃饭都跟扫雷似的。贩卖预制菜的餐厅装修得像模像样，上的菜也认真摆过盘，如果不是买过类似的产品或者被微波炉加热的感觉过于明显，这几盘菜的味道也不是没法接受。这种模棱两可的情况越来越多，根本无法从菜单价格和餐厅环境来分辨哪些菜是餐厅花了心思做的，哪些菜又全部来自供应链，这会儿才后知后觉发现自己像个傻子，只能坐以待毙，等着被越来越发达的食品工业围剿。

2

预制菜和料理包当然是大势所趋，且不说食品工业科技如何发展，人们愿意花在食物上的时间越少，就越契合预制菜和料理包的用户画像。想省事的人越多，能省事的办法就越多。

预制菜对抗的是时间，不想在食物上花太多时间的，既有我们这样的普通人，也有运营得热火朝天的餐厅。我想这世界上所有的工作都一样，能赚钱是先决条件，否则无论多有意思的工作也干不长久，何况是起早贪黑的餐饮业。

餐厅必须考虑盈利，能让餐厅增加利润的硬性途径包括降低食材成本、降低人工支出和提高翻台率。在餐厅点一道常见的"清蒸鲈鱼"，指望餐厅的大功率蒸箱能比家里蒸得好吃，设想的步骤无非是杀鱼、清理、上锅蒸、淋明油就可以出锅了。实际上在运营过程中，这道菜意味着悉心打理保证存活率的鱼缸，种类和个头足够满足客人选择的鱼，可以熟练杀鱼的厨师，清理活鱼的空间以及大型商用蒸箱。如果把清蒸鲈鱼换成酸菜鱼，有更多成熟的料理包可以做到稳定的分量和味道，不容易像清蒸鱼一样吃出鱼肉的口感变化，还能节约人力和空间，老板们当然没道理不用。

经营一家餐厅需要付出的主要成本有：随着房地产市场兴起而日渐高昂的房租；因为生活成本全方位上涨，也不得不随之上涨的员工工资，尤其是连锁餐厅和咖啡品牌在接受投资之后大举扩张高薪挖人，厨房熟练工的工资已经让小型餐饮企业的老板无法负担了；除此之外，在外卖平台越来越发达之后，还多了一项外卖平台的抽成，本来赚钱的餐厅也变成只能勉力维持。这几项成本都是硬支出，相比之下，食材成本倒是灵活得多，如果消费者吃不出冷冻肉和冰鲜肉的区别的话，用既卫生又经济的冷冻肉也没什么问题。

再说普通消费者花在吃饭这件事上的预算是不可能无限提高的，大家还是想吃得实惠点。在大城市里，从餐厅老板到员工再到消费者，生存是每个角色的第一要义。何况点的外卖经过三四十分钟的配送，也没有镬气和口味可言。这就更适合用上预制菜料理包了，料理包的目的是保证食物的下限，而不是追求食物的上限。

我没有开过餐厅，无法感同身受地体会经营餐厅的成就感，只能从做饭和上班的经历中简单揣测，客人们当面夸奖饭菜好吃，同事们相处愉快，这大概就是很明显的正反馈了。如果堂食的顾客越来越少，做好的饭菜被装在一个个保温袋里送出去，厨师们无法看到顾客们吃完的反应，联系就此中断。就像是一通永远打不通的电话，对面的人不接，拨号的人也就变得漫不经心，饭菜做得如何确实不大重要了。

3

以前为了填饱肚子而就近选择活动范围内的餐厅，一来二去和餐厅老板变成了熟人，餐厅好吃的话当然是很美好的情感联系。万一不好吃也没什么办法，到了饭点还是会去报到，好不好吃都得找个地方吃饭。现在能从点评网站和社交媒体上发掘吃饭的目的地，总有新餐厅和新菜式，让人有一种世界为己服务的错觉。

从选餐厅的途径来看，前者选择少、更被动，后者选择多、更主动，更让人有新鲜感，怎么看都是后者有优势。掌控着绝对主动权的消费者，在一大堆待选餐厅中挑出一家，揣着期待走到目的地享受食物，也是非常快乐且完整的体验。

坐在餐厅里吃饭，同时也是在一段松散的

关系中和人相处，一点也不比亲密关系来得省心。小小的空间里发生的插曲都是佐餐小菜：食材不太新鲜了，服务员和客人吵了架，老板和熟客在门口抽烟喝茶……从顾客的角度来看，吃饭和人际交往的界限变得模糊，这些事情都没有锅里正在煮的那碗面条来得要紧。如果只想追求更稳定的味道，屏蔽这些无意义的气氛反倒有利。

这份心情在食物流转的每个环节中都似曾发生过，新鲜、时令和火候意味着需要额外花精力去了解，也意味着可能不喜欢。不想浪费时间和人打交道，也无法接受失败的经验，所以买菜时会选择食材品相更随机但定价统一的生鲜电商平台，点外卖时更是习惯在几家熟悉的餐厅里切换。对送到手的外卖有预期，过了半小时拿到手的菜虽然温吞，但好在它一直是这样。稳妥，就是预制二字的核心竞争力。

餐厅要取悦的对象也从一个个具体的客人变成了社交网络上的 ID，点评网站和社交媒体重新定义了顾客对餐厅的选择方式和审美取向。在省略了人和人的交流过程之后，把食物的照片和视频直接投喂给社交媒体，反倒成了反馈更快的一种模式。可以很快地知道什么菜是"爆品"，什么菜会滞销。依此调整菜单之后既能节约成本，又能赢得口碑，试问哪家餐厅不希望店里每道菜都叫好又叫座呢？

社交媒体的趋势是公开的，一旦有一道菜火了，所有餐厅都会马上跟进。无论装修、菜式和味道，同类餐厅的风格都大差不差，食材的预制化程度越高就越是如此。按说师傅心情好坏都会影响菜的火候，结果吃饭却能吃出一种尘埃落定的感觉。感受不到食物的差异化是件很可怕的事情，心情没有起伏，更谈不上探索的乐趣，吃饭只是为了活着。

想打开社交媒体看看有哪些有趣的新餐厅，结果又把自己再一次托付给了算法。新餐厅确实很多，但它们做的菜都似曾相识，开店和设计菜单变成了一种模板化的行为，口味说不上个人喜恶，都是被预制调配的趋势。

4

　而对于大多数普通人来说，不想在食物上花太多时间的心情可能是被动的。我们无数次回忆起小时候全家人围坐吃饭的场景，感慨父母的辛苦劳作和吃不腻的家常菜，却选择性忽略了这些需要家和菜市场是步行可达的距离，有更多可供选择的时令食材和下午五六点就能到家的生活节奏才能一同铸就。

　生活节奏完全不一样了，可我们对于一桌饭菜的美好想象并没有变，我们仍然喜欢灶头上小火慢炖着的咕嘟咕嘟，切一堆配菜之后热油下锅的嗞啦爆炒，还有每天尽量不重复的荤素搭配和两菜一汤。事实却是在进入厨房之前，会掂量一下排骨要炖煮多久才能软烂，切完姜丝再切个猪肉是不是太麻烦了，最后还是选择能在半小时内完成的简单搭配。当我们对什么都要求快，就不可能让吃饭变慢。

　上班工作是劳动，回家下厨也是劳动，如果在做完全家人的晚餐之后，还不能坐在电视机前放松一会儿，这份紧张的情绪可能会一直延续到睡前。最后还得靠刷一会儿不需要动脑的短视频，才有勇气面对如此这般的重复。在这种生活节奏下，想吃得稍微像样一点，需要付出加倍的心力。就像在餐桌上聊天时，食物本身很难作为话题一样，如果食物退步为维持生存的基本需求，乐趣服从于功能，对食物倾注的情感注定会成为负担。

人在有压力地做一件事时，容易产生厌烦的情绪，只有凭借纯粹的热情和兴趣且不带目的性地琢磨时，才会觉得这件事有意思，才能在心里生根发芽，探寻更多。小时候观察路边的蚂蚁是有意思的，但被爸妈逼着学乐器不是；读书时躺在被窝里抄写歌词是有意思的，但一字不差地背古文不是；长大了带着相机扫街、约着朋友打球都是有意思的，唯独做饭的时间紧任务重，已经越来越没意思了。

更何况城市越大，厨房就显得越小。这不是说厨房本身的绝对面积不够施展，而是在下厨之前需要考虑更多的额外因素，包括通勤时间、菜市场和家的距离，以及愿意投在厨房里的精力。越是生活在超级大城市，就越需要在下厨之前付出更多的额外成本。本来抬抬脚溜达着就能买到的小葱，却需要多花二十多分钟才能拎回家，这肯定不合理。因为使用厨房变得不那么自由方便，厨房在日常生活中所占据的位置也就越来越小了。

生鲜电商平台、大型仓储式超市和各式各样的厨房小家电看似都在解决这些问题，实际上却给下厨增加了一些新的门槛。到家前在生鲜电商平台下单买菜，别说没法挑选食材了，还总得为了凑单买点不需要的东西。周末开车去仓储超市囤货，把冰箱冷冻室堆得满满的，接下来的两周都要围绕消耗这堆囤货想办法，一过期就全浪费了。虽然采购环节省了事，可食材常年以冷冻再解冻的状态出现，营养倒是没问题，口感总差点意思。花哨的多功能料理锅看起来什么菜都能做，却什么菜都做得像一锅炖，收纳和清理也比普通锅具要麻烦。

最后的解决方法好像还是容易落到外卖头上，同样的菜自己做，各方面成本都比外卖要高不少。从前要省钱就在家吃，现在要省钱反而依赖外卖，这种奇怪的转折是从这个时代开始的。也许随着获取食材和下厨烹饪的成本越来越高，这样的趋势在下一个时代会愈发凸显。

做一顿饭很容易，改变生活节奏很难。一旦从成本出发来考虑怎么吃饭，就注定逃脱不了预制料理包。这并不是指某道具体的菜或某家具体的外卖餐厅，而是一个被不断挤压的生存空间，是一种不得不妥协的预制化生活。

5

人们愿意躺在温水一般的预制化生活里过日子的一个原因是：这条路是显而易见最容易的，大家都这么做。食物是这样，生活中的其他种种轨迹和目标也都是这样。

为了更快地完善算法和传播信息，占据了我们大半闲暇时间的社交网络使用了很多归纳性的标签。我们在描述一件事的时候，不再需要阐述前因后果和其中的细节，一个标签就可以让对方意会。就像是"标签化的食物"，湖南人一定爱吃辣，常买面包就一定过着小资生活。本来人和人的差异都在具体的描述中，细节曲折且足够复杂，简单而模糊的标签把这一切都装在一个预制的模板里，欣然接受标签的同时也就失去了更好理解对方的机会。

信息传递的双方都很着急，传递者怕对方不理解，接收方急于获得结果。我们可以接受在生鲜电商平台自助订购和退货，送来的肉差不多就行了，但再也无法接受在菜市场和人讨价还价。要积累足够判断识别的经验需要花费很长的时间，绕着结果打转的过程让人无法接受，每个人都想直达目标。不过话说回来，连电影电视剧这样的文艺作品都能用五分钟解读传播，买菜确实算不得一门值得深研的艺术。

在社交网络上发布内容也有很多既定的模板和句式，连平台也会主动提供很多模板，方便完成预制化的内容生产。就像在预制菜市场中的畅销品带有低成本、高毛利的属性一样，用大家都理解的网络流行语和差不多的排版剪辑，就能轻易获得一个基准线以上的数据。被更大的样本量验证过有效的模板让人不自觉地模仿，消费这些内容的人一方面觉得这是安全的，一方面也会不自觉地卷入这套话语体系里，成为共创热度的一环。

想进入创作渠道的人也自觉站好了队伍，"赛道"和"赛道"并不相通。就像预制菜发展得越来越成熟之后，出现了更多专门吃某一类食物的餐厅。精确的垂直分类是有好处的，不仅食材成本能压得更低，买卖双方的目的更明确，吃完就走，餐厅的运营效率也提高了。

垂直意味着舍弃其他的方向，以后准备用红烧肉当招牌菜的餐厅，就卖不了一点紫菜蛋花汤。可是红烧肉的利润高啊，个个都想用它来赚钱，等卖红烧肉的人多了之后，想吃饭的客人就会发现自己没有其他选择，今天吃一盘卷起来的红烧肉，明天吃一块拳头大的红烧肉，后天在红烧肉上再刨几片黑松露。螺蛳壳里做道场，大家一起虚胖完事儿。

预制化让这个世界变得越来越像，在流水线上生产出来的食物和内容，因为过度烹饪和统一调味而变得口感一致，少了股脆生的野性。残存的少数味道不那么同质化的，口味无法被规训出来和被算法识别的，要么觉得吃着没熟，要么很快被市场掩埋。

线上和线下的界限变得模糊不清，线下所做的一切动作也反哺着线上的流量，人人都以理想中的状态装点自身，却没有真正地生活着。要剥离这一切有很多阻碍，不是一两句怕麻烦所能解释的。不爱吃的真的可以说不吃就不吃吗？对于曾经忌口的食物，哪怕已经偶然尝试过它的美味，但也许食材不好买，或者做法不在自己惯常的烹饪体系里，想再次复现都不知是什么时候。吃一顿好的很容易，想一直吃得好非常难。我们的初心只是想好好吃饭，结果被通勤距离和周边配套设施约束着，这套构建好的预制模型永远在想不到的地方给人阻力。

　　生活本就重复且乏味，我们看似有着绝对的自主权，却无法真正决定自己要吃什么。如何与食物平和相处，获取内心的安定，是这个时代里很难解答的命题。

有光

— 要有光！—

主　　编｜安　琪
策划编辑｜安　琪　张　延
文字编辑｜钟　迪
文案编辑｜关星宇

营销总监｜张　延
营销编辑｜张　璐

版权联络｜rights@chihpub.com.cn
品牌合作｜zy@chihpub.com.cn

至光
CHIH YUAN CULTURE

出品方　至元文化（北京）
CHIH YUAN CULTURE

Room 216, 2nd Floor, Building 1, Yard 31,
Guangqu Road, Chaoyang, Beijing, China